趟过光阴的河

吴金火◎著

中国文联出版社

图书在版编目（CIP）数据

趟过光阴的河 / 吴金火著. -- 北京：中国文联出
版社，2023.6

ISBN 978-7-5190-5195-2

Ⅰ.①趟… Ⅱ.①吴… Ⅲ.①诗集-中国-当代②散
文集-中国-当代 Ⅳ.①I217.2

中国国家版本馆 CIP 数据核字（2023）第 114325 号

著　　者　吴金火
责任编辑　胡　笋
责任校对　乔宇佳
装帧设计　中联华文

出版发行　中国文联出版社
地　　址　北京市朝阳区农展馆南里 10 号　　邮编　100125
电　　话　010-85923025（发行部）　　85923091（总编室）
经　　销　全国新华书店等
印　　刷　三河市华东印刷有限公司

开　　本　710 毫米×1000 毫米　　1/16
印　　张　17
字　　数　269 千字
版　　次　2023 年 8 月第 1 版第 1 次印刷
定　　价　78.00 元

他的光阴流金似火

——吴金火作品集《趟过光阴的河》序

阎雪君*

　　时值金秋，丹桂飘香。尽管疫情还在持续，但枫叶还是收获了火红。这时节，我收到了作家吴金火的书稿《趟过光阴的河》，并附书信一封。在书信中，他热切表达，想请我为他的书稿作序。

　　初识吴金火，还是在2020年年初，审批中国金融作家协会会员时，通过申报材料了解的。后来我们俩仅是通过微信，进行了为数不多的沟通和交流，至今也素未谋面。在收到他的书稿和书信后，我还是尽力抽时浏览了这部书稿，从他的字里行间，我感受到他热爱文学的情怀及对文字美感和力量的把控，还有他真实而自然的创作风格，都给我留下深刻的印象。读了他的作品，我感到既高兴又惊讶，高兴的是感觉到他在成为中国金融作家协会会员后，文学创作的劲头更足了，创作题材更丰富了。人常说：言为心声，文如其人。我也常关注到他在相关报刊及网络平台刊发的文章，感觉出他是一位对生活富于热情，对父母、家人、同学、同事及朋友懂得感恩的人。惊讶的是他在本书中创作的诗歌、散文，着笔朴实无华，通俗易懂，没有过多晦涩的华丽辞藻。他的作品涉猎领域广泛，有歌唱祖国、歌颂父母亲情的，有关于工作、学习和旅游的，真实记录其成长的心路历程，感情真挚，平淡中透露出满满的正能量。

　　"文以行为本，在先诚其中。"吴金火的文学创作主要是诗歌、散文，在

---

* 阎雪君简介：山西大同人。中国作家协会全国委员会委员，中国金融文联副主席，中国金融作协主席，兼任共青团中央青年志愿者协会宣传工作委员会副主任。在中央、省部级报刊发表文学作品400多万字，其中发表和出版长篇小说《原上草》《今年村里唱大戏》《桃花红杏花白》《面对面还想你》《性命攸关》《天是爹来地是娘》6部；主编《中国金融文学》杂志，主编《中国金融文学奖获奖作品集》（一届、二届、三届），主编《当代金融文学精选丛书》（12卷）等。作品多次获得"中国金融文学奖"等全国性大奖。新华社、《人民日报》等媒体评论其作品：具有浓郁的乡土气息和鲜明的金融特色。

本书中，他将诗歌分成"感恩父母""心香一瓣""风月流年""心灵驿站""致敬典范"五辑，将散文分成"故园亲情""市井巷议""行吟山水""工作印记"四辑，共九辑，向读者倾述。

吴金火写的诗歌，情感丰富，题材多样，体裁活泼，以抒情诗为主，也有叙事诗、古体诗，甚至还有打油诗、三句半等。他的诗歌，有抒怀，有感慨，有思考，有哲理，热情歌颂了父母、家乡和古今典范等，体现了作者爱国、爱家和爱生活的高尚情怀。

吴金火写的散文大多是回忆性的，如《我人生的第一双皮鞋》《我人生的第一块手表》《我人生的第一件毛衣》《我童年时的春节记忆》《我童年时的端午记忆》《我童年时的中秋记忆》《我儿时记忆里的露天电影》《我儿时记忆里的故乡老屋》《我儿时记忆里的垂钓逸趣》等，作者通过记录他在人生的学习、工作和生活成长历程当中，接触到的第一双皮鞋、第一块手表和第一件毛衣，这三种对于当代人来说毫不起眼的日常用品，来表达对他的人生的重要性。通过记录他童年时对春节、端午和中秋的记忆，对他儿时的露天电影、故乡老屋和垂钓逸趣等进行了深入描写。他善于从生活中汲取力量，真实感人，很容易激起与他同一时代生活的读者的记忆和共鸣。诸如此类的刻画，书中还有不少，在此，就不一一列举了。读者可以通过阅读去体味其"文者以明道"的写作态度和写作技巧。

吴金火的文笔流畅，叙事清晰。读他的文章，就像是他在与读者面对面地交流，娓娓道来，毫不忸怩作态，无无病呻吟之忌，更无矫揉造作之势，真正做到了有感而发。他创作的笔法看似平铺直叙、轻描淡写，实则错落有致、挥洒自如，尽力做到"形散而神不散"和"既来源于生活，又高于生活"。作者为人行文，正如我们山西老乡柳宗元推崇和坚信的，个人文品决定于其自身的人品和行为根本。在文章中，他始终将德行，特别是真诚贯穿于其文学创作之中。

我猜测，吴金火这个名字，应该是因为命里五行缺金少火而起，最多的还是水、土、木。正是家乡的那方水土，更是金融这片水土，养育和滋润了他，使他的岁月光阴流金似火，在金融文学创作中树"木"成荫，繁花似锦，硕果累累。他将作品取名为《趟过光阴的河》，恰如在他的诗歌、散文里多次提到的"河"，有现实中的河，也有光阴的河，如他在散文《我儿时记忆里的垂钓逸趣》中写道："我从小就生活在乐安河边上的农村家庭，可以说是河边出生，河里长大。"他在诗歌《故乡的小河》中写道："打开记忆的窗口/眼前淌着一条小河……河里有我童年的影子/河里有我青春的记忆"。他在诗歌《风的彼岸》中写道："我从小就生活在农村/与县城仅差一条河的距离/风从河的彼岸吹来/带来了城市的气息/荡漾了一个少年的心旌/为了这一腔的陶醉/我一直走在去河对岸的桥上"。他在诗歌《追赶流水的人》中写道："在我的梦里/流淌着一条河/那是我生命的河……光阴是一条河/我在这条河里/匆匆追赶着梦想"。其实，人生又何尝不是一场艰难的跋涉和旅行，在光阴的长河中，人人都是匆匆过客，人生短暂，虽然不能延伸生命的长度，但还可以活得更有宽度和深度，还有温度。我想，这大概就是作者最想表达的吧！

"白日不到处，青春恰自来。苔花如米小，也学牡丹开。"吴金火在给我的书信中还写道，作为 2020 年加入中国金融作协的一个年纪较长的新会员，虽然文笔稚嫩，难登大雅之堂，但还是坚持笔耕不辍，如果一生，哪怕最终只能出版一本属于自己的书，也是他最值得高兴和纪念的事。现在，他的诗歌、散文作品集《趟过光阴的河》就要付梓了，我知道，这是他出版面世的第一本书，希望他以出版这本书为起点，初心不改，热爱生活，继续创作出更多、更好的文学作品，为喜爱他的广大读者提供更加丰盛的"金木水火土"。

是为序。

中国金融作协主席
中国金融文联副主席　阎雪君
中国作协全委会委员

2022 年 10 月 1 日
于北京金融街中国银保监会大厦

目录

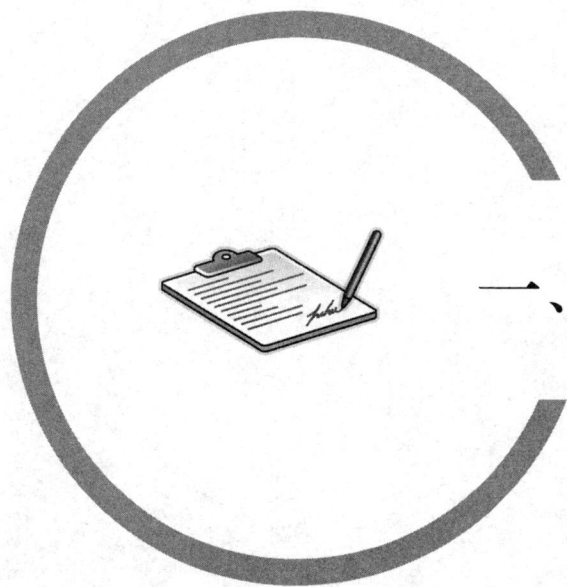

一、诗歌篇

第一辑：感恩父母

妈妈脸上的皱纹

小时候
妈妈脸上的皱纹
是儿成长的曲线

长大了
妈妈脸上的皱纹
是儿绵长的思念

如今啊
妈妈脸上的皱纹
是儿心痛的怀念

妈妈脸上的皱纹
是收起来的绳纤
让儿在爱的港湾搁浅

妈妈脸上的皱纹
是儿镌刻的起跑线

让儿把家的温暖体验

妈妈脸上的皱纹
是儿思亲的漪涟
让儿在异乡的拼搏
有了倍增的信念

妈妈脸上的皱纹
是儿心灵乐谱的五线
在儿小有长进时
有儿最懂的乐章响遍

妈妈脸上的皱纹
是儿人生的跑道
引领着儿去勇敢向前

妈妈脸上的皱纹
是一根细长的丝线
如风筝般的游子
飞得再高
也飞不出儿对妈妈的眷恋

妈妈脸上的皱纹
是温暖岁月的波浪线
让时光惊艳

妈妈脸上的皱纹
在儿的心里面
如丝丝蔓蔓
缱绻缠绵
只有开头
没有尽头

除了依恋
还是依恋

（本文登载于 2018 年 6 月 1 日《文化农行 ABC》"书香农行"栏目）

父亲的菜园地

在每一个黎明来临之前
父亲就用匆匆的脚步声
唤醒了
沉睡中的菜园

朝阳升起
父亲嶙峋的手
像化妆师的眉笔
在菜园地里精心描画

烈日当空
父亲额头上的汗
摔成了八瓣
在菜园地里开了花

夕阳西下
父亲直不起的背
弯成了一把犁
在菜园地里使劲铧

父亲的一生
似乎都在拿生命

跟菜园地里的草较劲
站在菜园地里
父亲宛如一个将军
但他最后还是被草
压在了地底下

（本文刊登于 2022 年 1 月 14 日《湛江日报》）

清明寄怀

暮春之际　清明又至
心底莫名的一阵阵紧
时光老人公正　无情
他从不跳越每一个日子
不管你是喜悦还是忧伤

同样是一堆黄土
被孝子贤孙堆成了坟墓
我就要对它深情磕头
一拜　再拜
因为黄土下躺着的是我的
生命之源　血脉之根
是我心底的神　永远的佛

细雨纷纷　禁不住泪滴
雨水　泪水
模糊了双眼
但爸妈的慈爱和音容宛在
依然清晰

爸爸生前
常在这块地里除草
现在他就长眠于此
而草　却又
从他的坟头上钻了出来
肆无忌惮　近乎藐视
也似乎忘了他还有子孙

妈妈和爸爸在一起
生活了一辈子
也争吵了大半辈子
还曾想过要分开
如今妈妈也随爸而去了
但她还是不肯和爸爸葬在一起
我想　妈妈绝对不是
想用死来证明
距离也会产生美的

扫墓归来
抖落一路风尘
心灵又一次受到了洗礼
看桃红柳绿
闻鸟语花香
脚步轻松　清风柔和
仿佛想抚慰和抹平
我们心中一切的忧伤

父母在　人生尚有来处
父母去　人生只剩归途
如此美好的人间四月天
我想　如果爸妈
还能跟我们一起

一直这样幸福地爱着
那该有多好

请多给母亲一点爱

当我开始咿呀学语时
第一声呼唤的是你
当我远足回家时
第一个要喊的是你

当我有病痛时
情不自禁叫的是你
当我在惊恐不安中
失声喊出的还是你

我记不得的事情
帮我记住的是你
我内心有苦痛时
最伤心难过的是你

把我带到这个世界上
最忍痛的是你
为了哄我安然入睡
整夜不眠的是你

当我呱呱坠地时
痛并微笑的是你
当我长大进步时
最开心的是你

长大了　我听到了
世界各地
所有称呼你的语言
都是"妈妈"

在汶川地震中
躬身保护孩子的是妈妈
在一次重大交通事故中
最后还要奶孩子的是妈妈

《红楼梦》里
从未见过娘亲的晴雯
离世前喊了一夜的是妈妈
一韩剧中
无论宝拉有多倔强倨傲
守护并抛开自尊的是妈妈

无论何时
只要呼唤一声"妈妈"
心底便有了
无穷的力量

无论何地
只要呼喊一声"妈妈"
心里便有了
无尽的温暖

女本柔弱　为母则刚
所以　有俗话说
儿不嫌母丑　狗不嫌家贫
当我们长大了
而母亲却老了
不要等到

树欲静而风不止
子欲养而亲不待

各位　请一定善待
自己的长辈和家人
特别是
要多给母亲一点爱
如果爱　趁还在
想要爱　就现在
愿普天下的母亲
都健康长寿　幸福平安

（本文登载于 2020 年 6 月 13 日《神州文艺》）

父爱如山

——写在父亲节

我的父亲在世时
好像还没有父亲节
我的父亲不在了
似乎就有了父亲节
因此　我就这样
总是过着
没有父亲的父亲节

我的父亲在世时
家里一直很穷
我的父亲不在了
日子也慢慢变好了

因此 我就这样
总在体会着
没有父亲的"幸福"

我的父亲个头不大
但在儿的心底很伟大
我的父亲相貌平平
但在儿的心底很帅气

我的父亲 一生勤劳
为了持家
把腰都累弯了
但家人都很正直

我的父亲
虽然没把家操持得很富足
但家人个个志不穷
我的父亲在世时
他总在唱"红脸"
和母亲
把严父慈母来和谐搭档

爸 我"年轻"的老爸
你最小的儿子
今年都已五十三了
而你 却永远
定格在了六十三

爸 我慈祥的老爸
为何写你时 却不能成诗
为何读你时 已泣不成声
现在想你时 常泪流满面
心里念你时 愿青山能传音

父爱如山
情深似海
父爱如水
源远流长

故乡的炊烟

常记得　小时候
晨曦里　昏暗中
村里第一缕缥缈的炊烟
总是如约升腾在
家里低矮的屋顶上
惊惹起了鸡犬相闻
也唤醒了黎明前的村庄

烟囱下的锅台上
火苗后的炉灶前
白发苍苍的母亲
用熏黑的十指
和满面的尘灰
把柴米油盐的家当
演奏起锅碗瓢盆的交响
调和出一桌的色鲜味香
为家中清淡的生活
注入了一丝新鲜的亮光
为家人平淡的日子
增添了一缕灵动的乐章

中午时分

在田间　在地头
年迈的父亲
努力挺起直不起的腰杆
也支撑起一家人的温暖
擦擦额头咸辣的汗水
看到炊烟从自家的屋顶飘出
在父亲眼中
那便是最美的风景
在父亲心底
那便是最大的安慰

夕阳西下
各家各户的炊烟
已在余晖下相继起舞
为等着劳作的父亲
母亲在村里最后一个
才把炊烟冉冉升起
炊烟飘散在夜空中
已分不清炊烟和云彩

长大了
我游学　工作
像风筝一样
漂泊在异乡
每次归来
远远看见自家的炊烟
心中就有了方向
脚下便有了力量

故乡的炊烟
就这样　一年又一年
氤氲着乡愁
萦绕着心间

如袅娜曼妙的诗行
串联起回不去的韶光
像温柔缱绻的缠绵
抚慰着剪不断的渴望

[本文登载于《神州文艺》2020 年 6 月 8 日 "签约作家（诗人）" 专栏]

故乡的小河

打开记忆的窗口
眼前淌着一条小河
一排大小不一的竹篮面前
蹲着我的阿妈
还有隔壁的阿婶和阿婆

河里的浪花朵朵
水里的倒影婆娑
洗不尽的家长里短
漂不尽的岁月长河

棒槌的捣衣声
和着远处
阿爸赶牛的吆喝声
交响成了一首
生命力的曲子

河里　有我童年的影子
河里　有我青春的记忆
故乡的小河

常在我梦里
漾起思乡的涟漪
泛起愁离的微波

我多想　多想
再次回到故乡
再次亲亲小河
故乡的小河
我已长大　变老
你可曾会跟我一样
还常常记得我

幸福的轮回

刚享受完几天的剩菜剩饭
老两口突然又笑了
想必是又要到周末了
又可以见到儿孙们了

还没到周末
老两口就开始想念
快到周末了
老两口就不停默念
到了周末了
老两口就又在惦念

周末假日的清晨
最美的身影
是婆婆在村口的翘首企盼

最早的采购
是公公在菜市的精挑细选

周末假日的中午
是爸爸的屋前屋后
是妈妈的忙里忙外
是灶膛里的跳动火苗
是大碗里的色香味鲜

周末假日的餐后
是爷爷的放心不下
是奶奶的依依不舍
是装满后备厢的叮咛嘱咐
是自家做的土特干鲜

周末假日的忙碌
在孙辈们稚嫩的告别声里
还没有结束
瞧一瞧残羹冷炙
看一看杯盘狼藉
老两口苦笑着
他们又在期待着
下一个周末
这样的幸福　还能轮回

回家过年

有一种思念
叫作望眼欲穿

有一种期盼
叫作回家过年

即使是再长的路
也会因为回家过年
而变得不再遥远
即使是多年未见
也会因为回家过年
而变得更加亲切

回家过年
是各家屋顶升腾的炊烟
是通宵不停的鞭炮连连
是门前高挂的鲜红对联

小时候　在家过年
是儿时的新衣服
是碗里的大块肉
是兜里的压岁钱

长大了　回家过年
是爸妈房前屋后的忙碌
是妈妈临行前的密密缝
是爸爸的万嘱咐千叮咛

现在啊　老家过年
是我对爸妈永远的思念
是我不忍心写的诗
是我对家乡痴痴的想念

（本文登载于 2020 年 12 月 2 日《神州文艺》）

浓情年味醉华年

——写在 2020 年新春之际

猪年对联的鲜红
还没来得及
被如水的时光漂白
鼠年的春节就来了
鲜红的对联贴起来
大红的灯笼挂起来
陈年的老酒倒出来
浓情的年味漾开来
开心的年味
在孩子的笑脸里
在压岁的红包里
在真挚祝福的话语里
在美好问候的心愿里

去年出门前爸妈的叮咛
仿佛还在耳边回响
现在就已踏上
回家过年的路
精美的窗花剪起来
灿烂的烟火放起来
震天的鞭炮响起来
吉祥的龙灯舞起来
温馨的年味
在充满甜蜜的汤圆里
在满是温馨的饺子里
在舒展笑意的春风里

在美好记忆的心坎里

今年春节的年味

还在嘴边不肯离去

我们就又要奔赴

下一个旅程

把爸妈的牵挂装满兜

把孩子的期盼记在心

把爱人的等待化为诗

把人生的规划写成书

幸福的年味

弥漫在春风里

荡漾在夏夜里

望穿在秋水里

期盼在冬雪里

浓情的年味

一年又一年

就这样

醉了华年

慰了风尘

记忆了乡愁

温暖了岁月

（本文登载于 2020 年 12 月 5 日《神州文艺》）

祖　屋

小时候住了多年的祖屋

终于经不起风雨的洗礼
一根老梁已摇摇欲坠

站在堂前的中央
我仿佛看见自己
童年的影子在走

当老屋渐渐老去
原先的住户
却纷纷选择了逃离
甚至一点都
不管不顾它在风中的呻吟
不闻不问它在雨里的叹息

我愿
我的思念能升腾起
一根擎天柱
让祖屋　如一座圣塔
哪怕是只矗立在
我的心底
也永不倒下

老家是我心底的谜

几十年沉重的思念
把高铁的车轮压在轨道上
哐哐作响
这么多年
我一直走在梦回老家的路上

腮边的两行热泪
丰盈了老家的那条河
一行流淌着我父亲的期盼
一行滚烫着我日夜的梦想
长期以来
老家在我心底魂牵梦绕

小河　大树　高山
你们是否还记得
我爷爷小时候的模样
穿越在乡村的小径巷道
我依稀感觉
我重复过爷爷的脚步

走在寻梦的路上
耳边响起一首歌
我吹过你吹过的风
这算不算相拥
我走过你走过的路
这算不算相逢

老家是我心底的谜
爷爷只出了晦涩难懂的谜面
我父亲也没多给一丁点提示
而我要用一生的时间
来把这谜底揭秘　揭开

（本文登载于 2022 年 2 月 21 日《书香神州》"新诗台"栏目）

第二辑：心香一瓣

冰雪之恋

一段深埋心底的情愫
不忍启齿而与人提起
昨夜北风带来消息
我与你再次相拥在梦里

待我清晨从梦中醒来
我追随你匆匆离去的脚步
只看到你随风飘起的裙裾
想起一定是你在半夜
敲打了我的窗棂

我在南方等你
你却想在北方长住
我在白天等你
你却在寂静的夜里
飘然而至
我在城市与乡村间穿行
你却总能与我擦肩而去

大地　山川告诉我
河流　花草告诉我
你曾经来过
只是我不该就这样
再次错过了你

我也曾想
你不能与我天长地久
我也想与你曾经拥有
即使你的生命
如昙花一现
我也坚信
你曾经为我
飘洒过美丽

我，只为你而存在！

任凭
肆虐的狂风
摧残了我的躯干

任凭
毒辣的光照
灼痛了我的肌肤

我还是试图
尽力把根须
扎进土壤的深处
哪怕没有一丁点儿

可亲近的养分

我宁愿
站成一座丰碑
只为等待
你每一天的路过
和你那深情的回眸

即使我终将
枯萎在原地
我相信
你也不会忘记
我曾经的美丽

最后你终将会远去

——写给飘落的雪花

春风拂杨柳
万象始更新
纵然我有太多的不舍
即使我再诚恳地挽留
最后你还是终将会远去
正如在我无能为力的时候
你却需要我用一生去保护

我知道
既然冬天已经过去
下一个春天也会不远
而且　我明白

等到下一个春天来临
你已不是现在的你
你也不是以前的你

当你在我身边
我会与你十指相扣　不离左右
当你捷足远行
我会双手合十　为你祈福

你就像是我放飞的风筝
有我的牵挂
我才会看到
你在空中的曼妙舞姿

千里江山万古云
高山流水难觅寻
等闲识得东风面
落花时节再逢君

（本文登载于 2022 年 3 月 13 日《书香神州》"新诗台"栏目）

一生只为你绽放

今夜
我愿是你的一道光
在寂静的夜晚
为你点亮　闪烁

今生

我愿是你心底的暖
在渺茫的苍穹
为你燃烧　奔放

谁说烟花易冷
虽然岁月韶华难再
但是烟火红尘常新
我只想　为你
在黑暗中　让心有方向
在寒冬里　把春雷奏响

谁说烟花易逝
虽然只是短暂的一瞬
其实我已定格成永恒
在天空中
我听到了你欢呼的尖叫
在夜空里
我看到了你美丽的笑颜

莫道烟花易冷人易散
莫叹烟花易逝负流年
谢谢你
包容我的暴脾气
谢谢你
喜欢我的一点就着
我的一生只为你
绚烂　绽放

（本文登载于 2022 年 2 月 9 日《书香神州》"春节特刊"）

春燕礼赞

冰雪消融
大地复苏
灵巧的燕子
捎来了春天的消息

百花吐绿
杨柳依依
灵动的燕子
拨动了春天的旋律

飞蚊出击
苍蝇放肆
灵活的燕子
成为了蚊蝇的天敌

筑巢衔泥
繁殖抚育
灵性的燕子
化身为真爱的天使

小小燕子
身穿花衣
灵光的燕子
年年春天我等着你

山谷里的小草

一棵小草
长在山谷里
没人问过
也没人知道
它的存在
包括　它的名字

春风吹过
它吐出嫩芽
夏天暑热
它挺住饥渴
秋天来了
它装点金黄
冬日降临
它储存希望

只要有春风吹过的地方
就会有它绿色的笑靥
不管是否有人欣赏
它依然独自吐露着芬芳

山间小溪给它滋养
雨露在它的指尖上闪着光芒
林中小鸟为它歌唱
它的心底充满了阳光

不管怎样

它一直不忘
向上　向上
生长　生长

山谷里的小草
就是这样
在真我的境界里
随云卷云舒
看花开花放

一个生命
即使再短暂
也该要　灿若烟花
哪怕是昙花一现
也要划破长空
炫彩如霞

天梯上的爱情

——观电影《爱情天梯》有感

一段感情
无关风花
无关雪月

一段爱情
让纸醉金迷汗颜
让物欲横流惨淡

一段真情

让流言蜚语无力
让年龄界限无形

一段情缘
从花轿经过门前开始
从摸牙咬指刹那永恒

一段深情
让山不再高
让水不再险

海拔 1500 米的山腰
你为我点起油灯
鬼哭狼嚎的林间
我为你架起瓦房

我叫你"小伙子"
你是我的大男人
你叫我"老妈子"
我是你的小女人

6028 级台阶
我要用生命来为你铺垫
20000 多个日夜
我们共同让岁月去见证

"小伙子"在世时常说
我会照顾你一辈子
"老妈子"说
我会陪你长眠在深山

这世界
爱情故事很多

真实感人却少
不是做不到
只是没遇到
不是没遇到
只是难做到
世间还有真情在
有一种爱叫作
你需要　我都在
你若不离不弃
我不走远
而且可以陪你
登高　望远

车　站

无数次
梦想从这里出发
无数次
希望从这里启程

无数次
期待在这里相遇
无数次
情怀在这里并肩

川流不息的车站
一头温馨着过去
一头浓情着未来

永远平行的双轨
一边维持距离
一边相守不离

岁月流逝
远去的是思念
不变的是眷恋

人生车站
带走的是怅惘
留下的是期望

我在风雨之中等你来

听说你要来
我的心如小鹿在撞怀
寒风已为你吹响了号角
冰雨也想为你接风洗尘
为了再睹你的芳容
我在风雨之中伫立了
太久　太久

听说你要来
要从遥远的北方来
我穿上了温暖的棉衣
盛装等待
我想　你一定像往年一样
晶莹　洁白

听说你要来

从高远的天空中飘来

你依然轻盈潇洒

你还是漫天飞舞

你落在了我梦想的家园

你留在了我干涸的心田

听说你要来

在我从梦中醒来

大地已然一片洁白

世界荡涤着尘埃

我的心事　已无须表白

听说你要来

我还在风雨之中等待

我等你在南疆村寨

我等你在千里之外

我等你到天荒地老

我等你到春暖花开

你来　或者不来

我的爱　都与你同在

（本文登载于 2022 年 2 月 9 日《书香神州》"春节特刊"）

我愿是你幸福的等待

——诗记祭红的传说

　　阅读链接：明朝宣德年间，景德镇有个陶瓷艺人，名叫陶诚，技艺超群，专为宫廷烧制御瓷。这位艺人仅生得一女，取名继红，天生丽质，父女相依为命，烧瓷为生。继红 18 岁这年，有一天，宣宗皇帝突然想要用一套鲜红色的瓷器祭奠日神，于是诏令设在景德镇的御窑厂进行烧制，可是御窑连烧数十窑均告失败。眼看限期将至，再烧不出的话，全部瓷工都要被砍头。继红忧心如焚，夜不能寐。恰逢祭拜窑神，隐约间总是出现一个身着红衣的少女，怀抱御品鲜红色釉瓷从窑里走出来。继红从中得到启发，为救其父和众窑工，继红决定以身殉窑。在沐浴更衣后，她纵身跳进炉窑，血溅陶坯。众人开窑后，呈现的是一种稀世罕见的、鲜红色调并安静肃穆的釉瓷，正是皇帝要求的御品。众人获救了，为纪念这位舍身救众的少女，后人便改"继"为"祭"，将此瓷称为"祭红"。

在一个名叫高岭的地方
我沉睡了千年
似乎是听到了
你熟悉的足音
尘封的山门为你打开
你把我深埋的灵魂挖出
与我那颗易碎的心
一同重见了天日

你用冰清的泉水
玉洁我丝滑的肌肤
虽然是历尽了沧桑
我依然晶莹剔透

你用灵巧的双手
塑造我姣好的面容
终于是淬炼了千遍
我看到了你的笑颜

你用五色釉
粉彩了我的容颜
你用细眉笔
勾画出我的惊艳

但你很明白
这都不是当朝宣宗
想要的祭奠

为了一场血与火的誓约
我跳身炉窑
将身躯和鲜血
炫化为了神彩

也许前世
我就已记住你
深切的告白
所以今生
我愿意成为你
幸福的等待

我宁愿相信爱情

在那遥远的地方
有位好姑娘
王洛宾没有想到
这位好姑娘会是三毛

不要问我从哪里来
我的故乡在远方
三毛也没有想到
她会为王洛宾而流浪

一段真情

让诗和远方
跨越了海峡
穿越了时空

一段感情
不出于功利
冷漠了世俗
忘记了所有

一段爱情
无关乎因果
撕裂了心肺
感动了天地

读了三毛与王洛宾的故事
我开始相信爱情
读懂了王洛宾与三毛的故事
我宁愿相信爱情

你就是我的诗和远方

每一个
霞光万丈的清晨
我都在希冀中
把你想象
把你想象成
你当初的模样

多少个

云蒸霞蔚的黄昏
我都在期待里
把你思念
把你思念成
我最想的样子

想你的时候
我用甜蜜
为你写下清浅的诗行
念你的时候
无论你在哪里
我就没有
到不了的远方

在起风的时候
我吻着风
我闻到了你的气息
在飘雨的地方
我亲着雨
我嗅到了你的芳香

我想你成诗
诗意似流年
我念你在远方
远方犹咫尺
今生和来世
我都不会苟且
因为有你
我就有了
我的诗和我的远方

请真实地去爱

人　可能会因为
不了解　而去爱
但似乎　爱得很真实

人　也可能会因为
太了解　而不爱
却好像　活得也很累

我宁愿　人都能
爱得真实点
哪怕是彼此都知道
对方的缺点
也会爱得无悔

谁都不需要　那种
华丽的虚伪
即使是欺骗了
彼此的眼睛
也会爱得心碎

请卸下面具吧
都看到各自的内心
只有彼此透明
爱才会纯粹　真实

错 过

你就像是从天边走来
但你片刻的温暖
安慰不了
我长久的等待

而你只是一个转身
就像是一片云彩
用你那潮湿的心
淋湿了我的情怀

如果我们　前世无缘
那么　我们今生
就不会相见

如果我们　今生的相见
就是一个错误
那么　这个错误
从一开始就错得
那么美丽

你知道吗
这一次的错过
是我一生
最大的过错

人生　难免会有过错
有时候　一个人

一旦错过
就会成为永远

请珍惜这一生的遇见

在亿万年的光阴里
你的惊鸿一瞥
虽然只是一瞬
但对我已是一眼千年
在浩瀚的时间长河里
我们相见
我不知道
这经过了多少回的造化

在亿万光年的尘世里
前世五百次的深情回眸
才换来了我们今生
这一次的擦肩
在浩渺的无限空间里
我们相遇
我不明白
这积累了多少年的机缘

在亿万人口的世界里
你我的相视一笑
虽然只是不期而遇
但已定格成了永远
在匆匆的茫茫人海里
我们相恋

我不清楚
这重复了多少次的修炼

无论过去了多少年
无论相隔了几万里
你都已萦绕在我梦里
都已烙印在我的心里面
人生很短
短到来不及想念
似水流年　光阴似箭
至少　我们都要珍惜
这一生的遇见

感恩遇见

你就像是一粒黄沙
随风落下
从此　带着我的思念
浪迹了天涯

你就像是一朵雪花
漫天飘洒
萌动了我的情怀
嫩绿了春的枝芽

你就像一粒种子
本可以四海为家
却种在了我的心海
独自成长　生根　发芽

你就像是一滴雨露
洋洋洒洒
滋润了我的心田
淋湿了我的牵挂

多少次
我按下了你的号码
想法却总败给理智
不舍地放下

多少次
我写下短信数言
却又匆匆删除
慢慢退下

多少次
我想给你微信留言
却始终无力
把"发送"键按下

多少次
我盯着你微信步数的变化
想象着你在哪儿
揣摩着你在干嘛

多少次
我关注着你途经城市的天气变化
感受着你的冷暖温凉
体味着你的春秋冬夏

多少次
我紧盯着手机屏幕
期待出现你的名字

和你那一串熟悉的号码

我每天都朝着你的方向
在心底为你默默祈祷
你的平安和幸福
就是我最开心的微笑

你的世界
我曾经来过
我的世界
你就不曾离开过
这个世界　今生
我们曾经一起走过

时间是一味药
而它治不了相思的痛
也解不了思念的苦
尽管　我们已经
爱到无力去爱
恋到生无可恋
但愿今生　我们都能
不负韶光　感恩遇见
只念初心　不说亏欠

[本文登载于 2020 年 6 月 29 日《神州文艺》"签约作家（诗人）"专栏]

我是你前世今生的茶

暮春时节

乍暖还寒的风
裹挟着朵朵白云
飘过一道道山岭
吹绿了我的嫩芽

山间的小溪
醒了　奔涌着
跳下了山岗
围着我的腰间
欢舞　歌唱

晨曦中　熹微里
第一缕阳光刺破了薄雾
照耀着我头顶上的露珠
熠熠发光

一串串银铃般的笑声
鼓动着我的耳膜
采茶姑娘
曼妙着腰肢
用纤纤细指
与我在青山绿水间
雀跃着私语

本想美美地一起
柔软地躺在竹篓里
继续做着我的春秋大梦
温暖的阳光
迫不及待地
给了我紧紧的拥抱
热情的炉火
也火急火燎地
催老了我的青春容颜

不管生命如何的短暂
哪怕是昙花一现
我也要时刻散发着
自己醉人的体香

茶农用汗水浇灌我
仙人用露珠滋润我
多情客用泪水浸泡我
你用百分之百的热情
我伴一支梁祝的曲子
在你双手的怀抱中
上下翻腾　狂舞
我忘情于你深情的吻
久久不愿睁开
我羞赧的双眼

我的心　碎了
如能换你开心　值了
我醉了　你笑了
你我的情缘
也会随风化蝶吗
不论怎样　我知道
我是你前世今生的茶

[本文登载于 2020 年 6 月 15 日《神州文艺》"签约作家（诗人）"专栏]

茶的一生

本无意与桃李争春
也无心和梅花争艳

在寒意深藏的季节
我吐露出绿的春光
当晨曦穿过我的发际
我想饮尽
这最后一滴的甘露

还没睁开惺忪的眼睛
也没来得及伸一个懒腰
好不容易才探出头来
我最最脆弱的芽尖
便被两根纤纤细指
揽入了竹编的摇篮里

我也多想　能像
待字闺中的少女一样
在母亲温暖的怀里
做着同样香甜的梦
可订好在谷雨的婚期
却硬生生地
被提前到了清明之前

特别需要温暖的日子里
阳光却总不待见我
当我离开了枝头
太阳却来火热地亲吻我
吮干了我的雨露
憔悴了我的面容

不让我沐浴
不容我更衣
一双男人的大手
用超乎体温的热度
在一口大锅里

把我揉搓于他的股掌之间

不听不管我的呻吟
无视不顾我的哀号
在一鼎精美的瓦罐中
在一壶滚烫的开水里
我上下翻滚　忘情地
跳着最后的华尔兹

是与火有情吗
是与水有缘吗
都说水火不相容
而我却要夹在他们之间
如凤凰涅槃般历练
我漂洋过海来看你
你却在月下对花独饮
我愿我这一生的情谊
在荡气回肠里浴火重生

［本文登载于 2020 年 12 月 11 日《神州文艺》"签约作家（诗人）"专栏］

思念的蔓

我是一粒相思的种子
随风飘起
落在了多情的土壤里
阳光给了我温暖
雨露给了我滋润

我就这样探出了头
也萌动了我的情丝
任思绪激荡
冲开了尘封的闸阀
如江河湍急的水
像高原放飞的鹰
似草原策动的马

我的思念
如同疯长的蔓
我踮起了脚尖
爬上了理智的棚架
我尽力把自己的手臂
抬得很高　很高
似乎在昭告每一个路人
我不是红杏儿
我也无意冲出藩篱

在风中　我唱着
比风还柔的歌
在雨里　我吟着
比雨还潮的诗
我只愿
在风雨到过的地方
你都能闻到　我的花香

等你在下一个路口……

总在想　前世是否

没有让我一次爱个够
才落得今生我的一回头
就恰好遇见你的深情回眸

人常说　真情是陈年的酒
情深　酒数三斗
神清气爽不罢休
缘浅　薄饮一杯
天旋地转难长久

当时光易逝　悄然溜走
却发现人情薄凉　真情难留
当世事难料　人如笼中困兽
常感叹真情付出　覆水难收
欲说总觉还休
暗香却难盈袖

一别风雨后
任凭是绿肥红瘦
却再也无法海棠依旧
帘卷西风怎悟透
更哪堪　人比黄花瘦

我不愿只是一个提线木偶
躯壳被人牵着而秉烛夜游
也不愿像是一具行尸走肉
外表光鲜虚华
灵魂却是藏污纳垢

轻轻一挥手
青丝成皓首
黑夜难白昼
纵然我想一直陪在你左右

却道是　一腔哀愁
恰似一江春水向东流

假如真有来生
我愿用一颗故人心
去温暖天凉好个秋
我愿一直等候
在你经过的下一个路口

[本文登载于 2021 年 1 月 12 日《神州文艺》"签约作家（诗人）"专栏]

我们与祖国共成长

——颂歌献给敬爱的党

启蒙时
我认认真真地写着"毛主席万岁"
坐进了明亮的课堂
上学时
我高高兴兴地唱着《我爱北京天安门》
迎来了明媚的阳光
上课时
我端端正正地写着"中国共产党万岁"
敞开了明白事理的心房

爸爸说
你爷爷是长工　我们家是雇农
是共产党分配给他一间房
妈妈说
你爸爸也是穷得叮当响

是共产党给了他搬运工一岗
乡亲们说
你爸妈都没上过一天学堂
是共产党让他们结成了患难鸳鸯

想当年
马克思列宁主义思想
从嘉兴南湖的红船上启航
忆过去
星星之火可以燎原
在革命摇篮井冈山点亮
看现在
不忘初心牢记使命
新的长征又已扬帆远航

1949 年
毛主席在天安门城楼上宣告
中国人民从此站起来了
1979 年
总设计师在南海边奋力一划
中国要鼓励一部分人先富起来
2013 年
习总书记在"两会"上提出
中国要立于世界强国之林

读小学时
我积极努力　奋发向上
光荣地加入了少先队
读中学时
我严格要求　温暖阳光
光荣地加入了共青团
工作以后
我兢兢业业　勤勤恳恳

光荣地加入了共产党

姐姐们说
我们是生在新社会
每天都滋润着党的雨露
哥哥们说
我们是长在红旗下
每天都沐浴着党的阳光
家人们说
我们是走在春风里
我们与祖国共成长

［本文登载于 2020 年 12 月 30 日《神州文艺》"签约作家（诗人）"专栏］

中国人：请永远不要忘记！

——写在"七·七"事变爆发 82 周年之际

今天是七月七日
不是农历的七月初七
是中国人
都请永远不要忘记
这是一个国耻日

82 年前的今天
在北京宛平的卢沟桥
日军借口一个士兵的失踪
就把罪恶的铁蹄践踏
血染了中华大地

从东三省到大江南北
黎民百姓　惨遭涂炭
血雨腥风　满目疮痍
卢沟桥的狮子
怒视着
日军的种种罪行

中华儿女　同声共气
狼牙山五壮士
誓与日寇拼到底
钢铁战士杨靖宇
空腹耗尽到最后一口气
忠肝义胆赵登禹
坚守阵地　视死如归
巾帼义士赵一曼
英雄豪气　不让须眉

3500 万同胞的生命
换来了来之不易的胜利
中华民族　脊梁挺起
血仇铭记　勿忘历史

泱泱中华　巍然屹立
东方雄狮　寰宇无敌
如若你胆敢再犯
我誓叫你　魂归海底

别让真爱输给了等待

自从你决绝地离开
我的心就像是空中的云彩
在朝思暮想中飘浮　徘徊
不知道　大雁归时
你可会一起回来

你不在身边的日子
我每天都在盛妆着容颜
像一棵长不高的树
站在你熟悉的路边
我踮酸了脚尖
我望穿了双眼
只为等待　等待着有一天
你会出现　在我的面前

任凭岁月的风
吹乱了我思念的发
任凭流年的霜
冰冷了我相思的眼

朝霞升起
希望就随亮光绽放
华灯初上
亮光就把希望点燃

不管你何时出现
我都不想让你

看到我的素颜
不管是否
真如你的所想　所见
请不要责怪我的伪装
因为我只想
给你呈现
我最美丽的一面

虽然我知道　在你的心里
我是不是过得幸福
对你而言　都已经不重要
但只要你比我更幸福
会让我觉得　妙不可言

一座城　两个人

有人说
我爱上了一个人
也爱上了一座城
因为我爱的人
就生活在这座城

有人说
我爱上了一座城
也爱上了一个人
因为这座城
有我爱上的那个人

我不知道

世界那么大
为何我们偏偏就会
相遇在同一座城

我也不知道
世界上有那么多的人
为何你就会成为我
最爱的那个人

你在这座城
我觉得这是座很小的城
因为在哪儿都是你
好像这座城
只有我们两个人

你不在这座城
我觉得这是座很大的城
因为在哪儿都见不到你
如果少了我们两个人
这城还算不算一座城

我终于知道
虽然全世界
只有一个你
而你　对于我
就是我的全世界

银河　隔不断爱恋

——写在"七夕"中国情人节

牛郎和织女
人们传说了几千年
你们就凄美了几千年

织女和牛郎
你们痴爱了多少年
就期待了多少年

你在银河的这一边
他在银河的那一边
只要你们真心相恋
哪怕是每一年
就只有这么一天
你们才能够相见
但我们相信
你们的真情可以永远

读懂了你们的故事
我才知道　只要有爱恋
银河再长　也隔不断思念

熟悉了你们的爱情
我就明白
只要有真爱
一天再短
也要用来执手相牵

相拥　相见

牛郎　织女
你们应该庆幸
每年还有这么一天
你们应该珍惜
仙界的生命可以无边
你们应该满足　因为
无数个每年的这一天
也会胜过人间百年

织女　牛郎
你们可以展露笑颜
如果银河里
没有你们的泪水涟涟
喜鹊就大可不必
为你们架桥铺垫

今晚　我知道
你们一定会来
我已在佛前
为你们许下心愿

今晚
我会在葡萄架下
偷听你们的蜜语甜言
我会惊喜地发现
已然不见
你们的泪如雨线

如果说
前世五百次的深情回眸
才换来今生一次的擦肩

那么　你们的爱恋
就是一眼千年
就是恒久不变

第三辑：风月流年

落叶：你别走！

当秋天的最后一片树叶
依依不舍地被风带走
大地母亲
还没来得及将你抱紧
你却已被冬天匆匆收留

你在我的窗前
优雅地画着弧线
像是跟我
在挥手告别

我追逐着
飞舞狂奔的你
我想
既然你要走
那你就孤独地走吧
你又何必把时光
一起带走

我真的不知道
你会不解风情
因为我多想
能紧紧抓住时光的手
而你
即使是要忘了我
你又何必
不在意我的感受

我对你已是满怀深情
每一片的你
都已写满我的记忆
你却不忍心
让我为你送行

既然已经是不可挽留
我的伤感我独自忍受
说好了要一起共白首
你却愿意把我留在
这个留不住的秋

（本文入选《当代散文诗歌精品选》）

春光美

卸下了厚重的冬装
迎面吹来绿的春光
布谷鸟用清亮的嗓音
把枝枝嫩芽

从大梦中呼唤着醒来

蜜蜂唱着欢快的歌谣
蝴蝶跳着热情的舞蹈
尽管它们不知道
为谁辛苦为谁甜
但把我看得
直把口水往回咽
仿佛心里比蜜还要甜

微风扭动着腰肢
撩动着一池春水
我的心里
泛起了层层涟漪
杨柳低垂　风韵依依
牵扯着我的双臂
叫我不舍得离去

热烈的少年
在花丛中追逐着浪漫
慈祥的老者
在草地上放飞着纸鸢

处处莺歌燕舞
时时鸟鸣啁啾
我在灿烂春光里
静听花开的声音
喜看冬去春来
天翻地覆的景象
好似换了人间

（本文登载于 2022 年 3 月 13 日《书香神州》"新诗台"栏目）

久违的雪

我还来不及
将你捧在
我的手心里
你却早已融化在
我的心底

是怪我太热情了吗
你都不知道
是我的等待
寒冷了这个冬季

而你
只给我留下
一个华丽的转身
把我的念想
都留在了
下一个冬季

回不去的从前

——写在 2019 年来临之际

一场漫天飞舞的雪
宣示了 2018 年已成为过往

一缕冬日暖阳的霞光
昭示了 2019 年满心的希望

瑞雪融化
流走了留不住的时光
春风吹拂
掠过了掩不住的风霜

不必怀想
回不去的从前过往
我该庆幸
自己有过最年轻的梦想

我和瑶里拉个勾

——诗记瑶里风景一日游

早起的鸟儿
叫开了紧闭的窗棂
充满希望的晨曦
今天我要比你早起
整理妆容　打点行李
我们带上好心情一起
和大自然　偷偷地
来一个深情的约会

迎着朝阳　霞光和微风
吹开了全新一天的笑容
一路向北
我们用欢声和笑语

回应着行道树的注目礼

来到了原始森林的门前
一见钟情的美丽
忙乱了我们的眼帘
步踏着轻盈的春风
恣意着欢快的笑靥
瑶里古镇　我们来了
我们用坦诚
走进你的心里面

看　不施粉黛的
是绕南水碓最真实的容颜
听　林间小唱的
是南山瀑布的溪水潺潺
来　在一步岭
摆一个最放松的造型
让时光定格我们
每一个　最年轻的一天

匆匆千年的红豆杉
请原谅我的迟缓
遍地金黄的油菜花
我怎能忘记
你曾经的美丽

把酒倒满
多情的水月
早已相拥而醉
缠绵在汪胡人家的睡梦里
漫过梅岭的轻风　飘散着
高岭土祭红传说的神奇

瑶里　我们拉个勾
请记住我们的约定
我要把惊喜提前告诉你
此去经年的时光里
我们还在这里　一起
相拥　相抱
相偎　相依

心驰神往　通向未来

——写在昌景黄高铁建设之际

当岁月的风铃
在记忆的窗口
再次被命运摇响
我屏住气息
俯身去聆听
到底是谁的足音
又一次把山林
从梦中唤醒

脚手架搭在了半山腰
充气钻打进了荒坡里
山川也挺直了脊梁
河道也舒展了脉络
机器的轰鸣
和着山雀在歌唱
飞扬的尘土
升腾起村民们
对未来的向往

我本以为
此生注定
要在理想与梦想之间
踯躅徘徊很久
不曾想
余生的路
我还可以陪着你
带着梦想去旅行

不论是在现在和未来间穿梭
还是在现实和桃花源里流连
我都愿意随你
一起去
穿越时光的隧道
一起去
编织光阴的故事

未来岁月都是最美的时光

——写在 2022 新年来临之际

2021，即将关机
让我们把琐碎
压缩成一个包
放在回收站里

把过往
再做一次清理
就用四舍五入
把得失
统统忽略不计

最后清零

2022，等待开启
让我们
把感恩重新编辑
储存在记忆加
把烦恼
删除在记忆减

把快乐拷贝
粘贴在醒目的桌面
把开心复制
备份在心底的文件夹

岁月无痕
苍天不语
让我们用汗水
为生命写一首赞歌
拷进 U 盘和光碟
用影音去播放

不用太大的音量
也要让全世界
都欣赏我们
新一年的幸福和开心

不用太多的流量
也要让全世界
都知道我们
未来岁月
都是最美的时光

（本文登载于 2021 年 12 月 31 日《如是诗刊》第 375 期"明天会更好"）

古县新城吐芳华

——写在浮梁复县 33 周年之际

你从白居易的名篇中传诵而来
你从陆茶圣的泥壶里氤氲开来
你从丰子恺的赤栏外婀娜飘来
你从苏东坡的轻舟上翩跹走来
浮梁
你走过了千年
我等待了你千年

你是古瓷的发源之地
你是名茶的千年故乡
你是山林的绿色海洋
你是全国的平安县城
浮梁
我一放慢脚步
我就已流连忘返

你是远离了喧嚣的古老新城
你是记忆了乡愁的历史名城
你是浸润了清新的天然氧吧
你是成就了梦想的创业绿洲
浮梁
我曾经来过
我就不曾离开过

（本文在浮梁诗词楹联协会"谷雨诗会"征文中获得一等奖）

油菜花开遍地香

轻轻推开五月的轩窗
眼前还浮现四月的春光
闭上眼　脑海里
依旧是遍地的金黄
张开嘴　鼻翼里
依然有记忆的醇香

油菜花开
花海泛起波浪
彩蝶纷飞着舞蹈
蜜蜂嗡哼着歌唱

油菜花开
花开一树
满枝头的小喇叭
唤醒了村庄
耀眼了春光

油菜花开
蜂飞蝶舞　气宇轩昂
蝶动蜂忙　蓬勃向上
深情的油菜花
禁得起蜂蝶的偷吻
却禁不起多情的彷徨

在人间最美的四月
油菜花

用诱人的金黄
为大地换上艳丽的浓妆
用阵阵的花香
甜蜜了愁离的梦乡

花香满地
愿能了却
春天一个个的愿望
满地花香
愿能顺遂
秋天沉甸甸的梦想

我在横店"跑龙套"

大幕徐徐落下
烟雾渐渐散去
当繁华落尽
坚强的心灵
终于不堪躯壳之重

有人在现实中踽踽独行
而我在横店影视城里穿越
上午还在秦王宫"君临天下"
下午就在明清宫"俯首称臣"
昨天还在上海滩"英雄救美"
今天就在香港街"一掷千金"
上部剧情不让我"死里逃生"
这集导演硬要我"死而复生"

五色的油彩　怎么也
掩盖不了我内心的悲喜
片刻的温柔　终究是
温暖不了我心底的凄凉

我只告诉你　剧中有我
但你却分辨不出　哪个是我
在我的内心
我也已不再是我
因为我已不是活在
现实的剧情里
我只想陶醉在
剧情的现实中

我不只是为了生活
但我只想在横店影视城
一直　继续　跑龙套
看惯了的世事变幻
我偏要一眼千年

湘西游记（组诗）

（一）张家界玻璃桥

两座突兀的大山之间
一条幽深的峡谷之上
腾空横亘起一座大桥
不为出行　不为运输

只为观光者铺路

九十九块玻璃
两大条铁拉索
飞架起卧波长虹
你在玻璃上漫步跳舞
我在内心里颤巍打鼓
它只为勇敢者铺就

人生真的就是这样
既然已经是无路可退
那就只有勇往直前
给彼此多一些信任
把艰难险阻踩在脚下
风景就会尽收眼底

（二）芙蓉镇

电影《芙蓉镇》看了多年
却不知取景地就在湖南
倒是网红瀑布的流传
让芙蓉镇名扬在云外九天

顶不住豆腐西施的诱惑
终于可以吃到米豆腐
很多人已经不记得
胡玉音和秦书田是谁
但多数人只记得
扮演者是刘晓庆和姜文

我也不去想
到底是谁成就了谁
不管你来或是不来

自然的美景
每天都是风韵犹存

（三）翼装飞行站台

天门山的玻璃栈道
区区长约六十米
有人走出大无畏
有人像是踩地雷
有人走得大义凛然
有人走得毛骨悚然

翼装飞行的站台
看一眼都魄散魂飞
栈道上的大无畏
到了翼装飞行的站台上
肯定也像是踩地雷

面对着万丈深渊
凭的不光是勇气
纵身一跃
要么化为神奇
要么成为传奇

翼装飞行
勇敢者的游戏
凭的是信念
不为世人记忆
只为自己回忆

（四）凤凰古镇

沈从文的边城

黄永玉的虹桥
沱江河水缓缓地流
两岸彩灯莹莹地闪

陈宝箴的书院学堂
朱总理的墨宝留香
走不完的悠悠小巷
读不完的传颂文章

一座城市一部史
自古一直流到今
今古兴亡多少事
不尽长河代代新

（五）湘西苗寨

依山傍水的吊脚楼
闪亮晃眼的银服饰
盛装礼仪的拦门酒
高山流水的长桌宴

吹起我的葫芦笙
跳起我的民族舞
走过你的民俗街
等在你的廊桥上

这一程　我们
梦在湘西赶尸的神秘里
行在苗家歌舞的欢乐中
走在诗情画意的烟雨里
醉在如梦似幻的韵味中

此行　我们

像是中了你的蛊毒
把这温婉的动情
萦绕在梦里
荡漾在心底

[本文登载于 2020 年 10 月 14 日《神州文艺》"签约作家（诗人）"专栏]

又到中秋月圆时

又是一年中秋日
月如玉盘
中秋月圆
月圆中秋

一轮明月
温润皎洁
照着你
也照着我

皓月当空
清辉尽洒
照着家乡
也照着远方

月光无尽
绵亘依旧
照着远古
明亮如今

月兔当空
广寒宫里
寂寞嫦娥
轻舒广袖

中秋月明
可会明了心思
中秋月圆
愿能圆了思念

雨，一直下……

我不知道
天到底有多高
地到底有多大
每当雨一直下
我就想
天与地的距离
是否就是雨的落差

雨一直下
是上天的直率
和大地的包容
凝成的神话

雨一直下
打在门窗上
像滚落的珠帘
绯红了我的脸颊

夜深了
人静了
雨还一直下
滴滴答答
似乎是天与地
在说着悄悄话

雨一直下
模糊了远山
清晰了思念
疏远了距离
拉近了爱恋

雨一直下
心思　被催开了
多情的芽
心事　被开放出
最美的花

国庆长假吟（打油诗）

又遇长假，都在聚会，
多年不见，动情流泪。
走上高速，堵成长队，
一路蜗行，不敢瞌睡。

旅游购物，排队消费，
欣赏风景，汗流浃背。
回到家里，又苦又累，

想爆粗口，伤心伤肺。

还是我好，在家吃睡，
颐养天年，照顾小辈。
近郊转转，不用抢位，
囊中羞涩，理智消费。

人生苦短，尽享百味，
只要开心，自由进退。
多去走走，国际国内，
健康就好，没啥错对。

伟大祖国，华诞盛会，
心潮澎湃，夜不能寐。
知足常乐，经济实惠，
赶上时代，活出高贵。

节后上班，又要开会，
年近六旬，想退干脆。
信口胡诌，自我陶醉，
看官笑过，无须理会！

同学聚会三句半

同学聚会都在盼，
演个节目大家看，
今天晚会演什么?
看着办!

大家一起做打算，
专挑大家喜欢看，
大家喜欢看什么？
三句半！

同学聚会已来到，
我向大家来汇报，
要问你是怎么样？
老一套！

同学聚会在南昌，
我的同学遍四方，
你的心情怎么样？
好紧张！

同学多年没见面，
都在心里很想念，
有人老婆不让来，
好讨厌！

人到中年命不苦，
我的想法我做主，
聚会家务没人做，
回去补！

有人明明来聚会，
偏说省里去开会，
老婆发现怎么办？
床头跪！

刚刚说的就是你，
你的心思没人比，
这次聚会你不来，

没人理!

同学聚会不容易,
大家相见添喜气,
你说这样对不对?
杠杠滴!

同学聚会好珍贵,
酒不醉人人自醉,
大家记得常联系,
必须的!

上饶有个佛寿桃,
这次聚会没有逃,
如果这次他不来,
搞个毛!

这次聚会就两天,
各位高歌舞翩跹,
下次聚会还来演,
再相见!

爷孙不一样的童年记忆

爷爷的童年
饭是要抢着吃的
孙子的童年
饭是要追着喂的

爷爷的童年
受惩罚是不让吃饭的
孙子的童年
不吃饭是要受惩罚的

爷爷的童年
玩具是自己做的
孙子的童年
玩具是爸妈买的

爷爷的童年
衣服是穿破的
孙子的童年
衣服是破才买的

爷爷的童年
是不用爸妈管的
孙子的童年
爸妈是不用管的

爷爷的童年
是要帮爸妈做点事的
孙子的童年
爸妈是不让做点事的

爷爷的童年
得到奖励是不容易的
孙子的童年
不得奖励是有点难的

爷爷的童年
想分床睡是不可能的
孙子的童年

想跟爸妈睡是很难的

爷爷的童年
是苦水里泡大的
孙子的童年
是呵护中成长的

爷爷的童年
读书是自己走着去的
孙子的童年
读书是爷爷开车接送的

爷爷的童年
是不知道什么起跑线的
孙子的童年
是不能输在起跑线上的

爷爷的童年
电视是没有看的
孙子的童年
电视是都不愿看的

爷爷的童年
照片是极少的
孙子的童年
一出生就有照片的

爷爷的童年
是无忧无虑的
孙子的童年
是不由自主的

爷爷的童年

做错事是要打屁股的
孙子的童年
不听话屁股是不能打的

爷爷的童年
是辛酸而快乐的
孙子的童年
是快乐而心酸的

［本文登载于 2020 年 6 月 8 日《神州文艺》"签约作家（诗人）"专栏］

器乐演奏和乐曲指挥

音乐大厅里
大幕开启
万众期待中
聚光灯闪烁
乐器演奏者们
严阵以待　如临大敌
漂亮的主持人
款款登台　隆重介绍
穿燕尾服的音乐指挥
笑容可掬　闪亮登场

音乐声起
观众已分不清
到底是
器乐声先起　指挥便舞蹈
还是

指挥先舞蹈　器乐声再起

论乐器的吹拉弹奏
指挥肯定不如演奏者
论乐曲的音韵旋律
指挥应该更烂熟于心

可能
指挥做不了演奏
也许
演奏成不了指挥
但是
合作完成一支曲目
指挥和演奏都不可或缺

因为
音乐如无指挥
演奏则杂乱无章
如果
演奏不听指挥
乐曲则音律不齐

随着指挥有力划过
一道完美的弧线
演奏成功
音乐结束
大厅完美谢幕
喝彩声响起　掌声雷动
指挥和演奏
也已分不清
这掌声和喝彩声
到底是给谁的
都认为是给自己的

最后
观众也不再去管
到底是谁先　谁后
是谁在指挥
又是谁在演奏

生活　有时候
也是如此
你有你的特长
我有我的本领
只有各司其职　各展所长
生活才会像一支交响曲
才是一曲和谐的乐章

在生活中
锅碗瓢盆的交响
柴米油盐的调配
演奏者是你自己
指挥家也是你自己

过客心语

小时候
总盼着快点长大
长大后
总想着永远年轻
年轻时
总怕着渐渐变老
年老后

总渴望回到从前

哪怕人生有轮回
我都宁愿自己
不要长大
因为长大后
总有一天
会老去

我苛求
时常能　悄悄地
躲在时间的夹缝里
闻鸟语花香
听流水歌唱
愿时光　放慢脚步
让我们　可以不散

走出镜子里的生活

虽然人们常说
生活就像是一面镜子
当你对它微笑时
它也在微笑
当你对它哭泣时
它也在哭泣

其实　无论
你是怎样的态度和表情
镜子里的你

都不是最真实的你
因为
当你举起你的左手时
你看到的似乎是右手

当你和镜子里的人亲吻时
你会发现
隔着玻璃的爱
是没有温度的

当你走近镜子时
你会发现
越走近　会越难
当你离开镜子时
你会发现
越走远　越容易

而当你背对镜子时
你已看不见
你背后的影像
你背对它
走得越远
你会觉得越轻松

如果生活都是这样
哪有妙处可言

生活中
到处有镜子
而镜子里
就不一定只是你

愿你

走出镜子里的生活
活出最真实　最精彩的
你自己

时间与经历的爱恋

人生如戏
谁也无法预料
下一部戏的主角是谁
所以请不要卸去妆容
因为只有这样
你会发现
总会有一幕剧情
会特别地适合你
请相信
时间给了经历太多的爱
经历就不会跟时间撒谎

人生如书
谁也无法预料
下一个故事会是怎样
所以请时刻努力
因为只有这样
你会惊喜
总会有一次结果
会特别地欣赏你
请相信
经历给了时间太多的承诺
时间就不用跟经历解释太多

时间如酒
用经历去煮
经历如诗
让时间来颂

时间
可以苍老容颜
但经历
不会年轻心智

人生就是一场
时间与经历的爱恋
时间长了
经历久了
你会尝到
天长地久的滋味

招人捏的柿子一定甜

我小的时候
不管多长的路
上学　自己走路去
放学　自己走路回

现在啊
终于熬成爷爷了
孙辈上学　又要自己去送
孙辈放学　还要自己去接

小时候　读书犯错
不敢叫爸妈　自己受过
现在　如果孙辈犯了错
老师很认真　要叫家长去
如果爸妈没空
结果　还是自己受过

小时候　没钱买
衣服是捡哥哥们穿小了的
现在做家长了　舍不得丢
衣服还要捡穿旧了的

小时候　怕浪费
不知道吃了多少剩饭剩菜
现在啊　舍不得倒
剩饭剩菜也还是要吃

小时候　家里穷
我们什么都吃
好像我们就是
百毒不侵的不败金身

现在啊　不愁吃了
但孩子什么都不能乱吃
好像　我们曾经
冒着生命危险
验证过的东西
一点参考价值都没有

小时候
幸亏　没实行计划生育
不然　就不可能有我
等我成家了

计划生育是基本国策
孩子只生一个好
现在啊　做爷爷了
基本国策都变得更好了
国家放开二孩了

在我的成长过程中
年幼时要听家长的话
读书了要听老师的话
工作上要听领导的话
成家后要听老婆的话

等我当上爸爸了
我常对儿子说起
我小时候吃苦的事
儿子说　我才不信呢

退休了　时代发展了
关键时候　还要多听听
下一辈的话
做爷爷了　本想
孙子孙女总会听我的吧
可他们只听爸妈的
现在　我经常想
这大半辈子
到底有谁听过我的话

现在　很多人都说
历史　只会
拿我们那一代人开玩笑
也有人认为
时代也像买柿子
有人就喜欢挑软的捏

而我想
招人捏的柿子
不光是软　而且一定甜

给心安个家

把窗儿打开
让阳光进来
家若被光明和温暖占据
心里便少了
黑暗和阴霾

把心儿打开
让快乐进来
心若被喜悦和宽容填满
家里便少了
恐惧和忧伤

一个人的内心再强大
也承载不了太多的忧伤
一个人的家里再富有
也容纳不下太多的无奈

心有多宽
家有多大
家有多安
心有多爽

心若无家

家就散了
家若虐心
心便碎了

心放家里
家才放心
给心安家
家便安心

心若有家
家便有心
家若在心里
心便有了家

江南街巷

江南的风
酥酥　柔柔
江南的雨
细细　密密
江南的街巷
弯弯　曲曲

大街像城市的动脉
贯穿纵横
小巷是城市的静脉
遍布街角

岁月的风

总想改变着
大街的方向
流年的雨
却打湿不了
小巷的记忆

江南街巷
这头连着亲情
那头系着血脉
多少次
一顶油纸伞
伫立在古老的街角
望穿了秋水
期盼着春风

时代的风
吹开了大街
思念的理想
奋进的雨
让小巷里幸福的花
又绽开了笑颜

江南街巷
永在我的心底
挥之不去
不忍离去

暮春里的黄昏

夕阳　斜照院墙
阳光　透过门窗
心绪　又一次
被风舞轻扬
随光亮奔放

屋檐下
我拂去了尘埃
盖碗里
我用清茶　为你
慢煮一段时光

而你还在
用梦想等待
等你醒来
花已盛开
氤氲的茶香
也会弥漫开来

我喜欢　看你
梦里的浅笑　安然
和你那
慵懒如猫的样子

有你
暮春里的梦
也更加香甜

每一个金色的黄昏
才更加温馨

有你在
我不知道
夕阳是否只是近黄昏
我只明白
暮春也是无限好

有你真好
因为
暮春是这样的
温柔　绵长
黄昏也这样的
惬意　敞亮

人生愿如一朵莲

当人间四月芳菲已尽
当山寺桃花已然开过
一尖荷叶
悄悄地从泥土中
探出了头
纤尘不染　脱俗不凡
仿佛是在一夜之间
一枝枝嫩芽
在绿波中曼妙出水
娉婷玉立　不娇不柔

在才露尖尖角的时候
在莲叶何田田的时期
多情的蜻蜓
早已是急不可耐
在荷花的肩头
翩翩起舞
灵动的蝌蚪
也忽上忽下
在荷花的腰间
尽情嬉游

花开一季　一季花开
最美的时光虽然短暂
但也妩媚了整个夏天
莲子虽然不大
但可以千年
不论是沉睡还是长眠
只待有缘人出现
她会如从大梦中醒来
和你如约相见

疾风吹过
连片的荷叶就迎风摆舞
大雨初霁
滴落的水珠
分明就是滚动的珍珠

暑热再难耐
荷叶依然清凉
热浪从岸的那头吹来
你感觉到的
就是荷风送爽

每当清晨
渔舟推开莲叶
划开了一湖的宁静
浣纱的西施
虽然鱼翔沉底
不光是美人的捣衣声
也足以把整个荷塘
从睡梦中唤醒

泰戈尔曾说
生如夏花之绚烂
死如秋叶之静美
而我愿
洁净高雅过一生
人生美如一朵莲

（本文入选《当代散文诗歌精品选》）

病中杂诗

得了一微恙，
住了一周院，
瘦了一大圈，
吓了一身汗！

花钱一大沓，
抽了一罐血，
结果一出来，
凉了一大截！

医生一诊断，
命悬一胰腺，
转眼一瞬间，
人生一大半。

拍拍一脑袋，
得出一感慨：
人皆一过客，
健康一万代！

春天向我们走来

父亲用一把犁
把大地划出一道口子
让勃勃生机流了出来
明媚了一个春天

父亲用一条鞭子
打在牛背上
把山岭震得脆响
惊醒了一个春天

柔绿的草尖
头顶着露珠
托起一轮明月
高举了一个春天

桃　李　杏在枝头
争先恐后地炫耀花朵

胡同的墙角旮旯里
收留了一个春天

杨柳依依　迎风摆舞
溪水潺潺　欢呼雀跃
春光在眼眸里打转
妩媚了一个春天

岁月静好　山河无恙
人们都在期待明天
一道道白色的霞光
温暖了一个春天

第四辑：心灵驿站

白月光

忘不了　小时候

你用一碗清水

催开栀子花的模样

忘不掉　你那

沁人心脾的花香

还有那

如白驹过隙的美好时光

我多想

能借用一下春风的手

带着花香

轻轻地捧起你的脸庞

就像是欣赏

那温柔的白月光

后来　你回到你的家乡

去了我心仪的远方

而我还是把自己

留给了平凡的过往

后来　你做了别人的新娘

我的心也开始流浪

我依然沉醉那迷人花香

我从小就想着

要脚步坚强　步履铿锵

我却一路趔趄　跌跌撞撞

不觉中　已把自己

半个世纪的时光

丢失在你热爱的故乡

可能你已不记得以往

也许你也已不再

喜欢那栀子花香

而那醉人的花香

就像那白月光

已烙印在　我的心上

（本文登载于《如是诗刊》第 326 期"同题诗作"栏目）

另一个自己

静静地打坐在思念的角落

匆匆地穿行于时光的巷道

我们　每天重复着

三点一线式的生活

秦时风　汉时月

像初恋一样　待见我
让我在最美的时光里
遇见了另一个自己

活在春天
另一个自己对我说
好男儿要志在四方
仗剑天涯

走进夏天
另一个自己和我
拉钩　上吊
一百年　不许变

步入秋天
我对另一个自己说
你若信守约定
我会破茧成蝶

迎来冬天
我感恩另一个自己
在我最痛苦的时候
是你来　给我安慰

任凭汗水摔成了碎玉
忍受泪水溅出了冰花
我终将　冷眼
看　世事变幻
愿　时局如新

（本文登载于《如是诗刊》第370期"同题诗作"栏目）

被寒风撞了一下

重复走过了冷暖寒暑
时光老人　又一次
站在了冬的门前
任西风紧　随东风恶
抬眼望　北雁南飞

岁月不居　时节如流
季节更迭　光阴交错
漫步在冬日的时光里
苍茫大地
被寒风撞了一下
河流停止了欢唱
树木忘记了神采

素月流空　白驹过隙
朔风呼啸　山河凛冽
身处在异乡的眺望里
孤单的我
被寒风撞了一下
腰身更加挺直
思绪倍感安暖

因为有你的陪伴
这个冬天
我没有退缩
我无畏风霜
因为有你的等待

这个冬天
我心有阳光
我顿生力量

此去经年　流光溢彩
让我们　用热情
烫一壶信念的酒
共同期待
下一个春天　如约而至
所有的心愿　四季花开

（本文入选《如是诗刊》第 359 期"同题诗作"栏目优秀作品）

寒潮来袭

一夜北风起
万树梨花开
不知道　寒潮
躲在哪个阴暗角落里
吹着冷风和寒气
像是不速之客　冷不丁地
给人来了个突然侵袭

北方的你
站在冰天雪地里
吐哈着热气
因为你已然
习惯又熟悉
南方的我

裹紧了冬衣
跳跺着寒战的双脚
虽然是不期而遇
但还是窘迫　局促
措手不及

我想寄片雪花给你
告诉你
我这里温暖如絮
你说
北方的枯枝上
挂满了你相思的泪滴
我说
家乡院子里的柿子
写满了我红红的爱意

想起你我曾经的甜蜜
从你的问候里
我读到了春的信息
我想
这个冬天
转眼就会过去

(本文入选《如是诗刊》第 378 期"同题诗作"栏目优秀作品)

写给菊花

萧萧秋风里
你悠然凝望着南山

是否还在期待着陶公
来与你　在东篱下
共酒话桑麻

凄凄霜雨中
你傲然对视着北风
是否还在盼望着黄王
满城尽带黄金甲
把这冲天香阵透长安

一年好景君须记
而你　在和风细雨下
宁可枝头抱香死
何惧吹落北风中
你回望了千年
我等待了千年

当大雁飞过
你插满在斑白的额头
冷眼看
荷尽已无擎雨盖
心欢喜
花残犹有傲霜枝

寥廓江天　大好河山
岁岁重阳　胜似春光
一年一度秋风劲
祖国大地
黄花处处分外香

（本文入选《如是诗刊》第 353 期"同题诗作"栏目优秀作品）

风的彼岸

似乎早已习惯了挨打
却从没想过
命运的皮鞭　为什么
总要在我身上留下印记

我从小就生活在农村
与县城仅差一条河的距离
风从河的彼岸吹来
带来了城市的气息
荡漾了一个少年的心旌
为了这一腔的陶醉
我一直走在去河对岸的桥上

曾以为　风的彼岸
会有我的归属
但城市很大
大到多一个或少一个人
它都毫无感知
然而　城市的街巷很小
小得容不下我匆忙的身影

我在风的彼岸摇摆
我在河的桥上踟躇
我想　只要是在路上
虽然脚步异常艰辛
哪怕耗上我一生的记忆

也不去违背　心的方向

（本文登载于《如是诗刊》第 348 期"同题诗作"栏目）

桃花小令

春天来了　桃花开了
阳春三月的人世间
我与春风不期而遇
很庆幸　我一出生
就踏上了开往春天的列车
一路上春风浩荡
红尘中激情荡漾
我愿用三生三世
看尽这十里桃花

桃花开了　春天来了
灿烂旖旎的春光里
春风与我如约而至
我背起了思念的行囊
开启了一场前生注定
与桃花结缘的旅行
我与崔护约看
人面桃花相映红
我与太白醉对
桃花潭水深千尺

三生石旁
桃花树下

你曾许我十里红妆

桃花是我绯红的脸颊

我是你掌心里的痣

是你前世留下的朱砂

笃定的禅意里

我与春风皆过客

微醺的烟火中

你携秋水揽星河

我愿抒一笺桃花小令

只为留白慰风尘

余生愿为桃花仙

半醒半醉锄作田

（本文入选《如是诗刊》第 395 期"同题诗作"栏目优秀作品）

追赶流水的人

在我的梦里

流淌着一条河

那是我生命的河

恰似 子在川上曰

逝者如斯夫 不舍昼夜

我在河边出生

我在河里成长

我无数次亲吻着浪花

然而 赫拉克利特说

人不能两次踏进同一条河流

百川东到海
何时复西归
光阴是一条河
我在这条河里
匆匆追赶着梦想
任岁月　把少年
蹉跎成白发

这个世界
我们曾经一起来过
我们曾经一起　把青涩
和家乡那棵红枣树
倒映在同一岁月的小河边

朝看东逝水
暮看日西归
每一天　我都期待
在时光的拐角处
你依然　还是当初
最幸福的模样

（本文登载于《如是诗刊》第 344 期"同题诗作"栏目）

夏蝉煮沸的村庄

夜深了　放暑假的孙子
还在竹席上辗转难眠

仿佛在烧烤炉上
做着铁板烧

天亮了　早起的鸟儿
缄默着喉咙
期待着能有不怕死的虫儿
可毒毒的太阳
比它们起得更早

一大早　老黄牛瞪大着眼
满身的牛虻
驱使它不停地摇着尾巴

院子里　爷爷吸着旱烟
铜烟斗敲打在台阶上
冒着火星

老黄狗趴在地上
伸长着舌头
与跃上枝头的麻黄鸡
相安无事

荷塘里　连片的菡萏
竞相开放着美丽
只是无人欣赏
这一枝枝荷叶如伞
和这一池的荫凉

高大的皂荚树
聒噪的鸣蝉
热风中的欢唱
提醒着村庄　不要
在寂静中老去

傍晚了　奶奶摇着蒲扇

又对着孙子深情地说

你爸妈今年一定会回家

陪我们一起过年的

天空中升起一轮明月

很大　很圆

照在孙子稚嫩的脸上

很美　很甜

（本文登载于《如是诗刊》第334期"同题诗作"栏目）

风声掠过刀尖

又是一个寒冬

年迈的父亲站在屋檐下

寒风像一把无影刀

在半空中翻腾　狂舞

在父亲的额头上　刻下

一道道沟痕

父亲爽脆地吐出唾沫

一跺脚　转回头

在柴垛堆里找出一把刀

别在腰间　勒紧裤带

逆行在风霜雨雪里

父亲挥舞着柴刀

虎虎生风

风声掠过刀尖
映照着父亲瘦削的脸

天空依然阴沉着脸
父亲背起一捆柴
手上捏着几个冬笋
汗水和雨水凝在一起
在胡须上闪着银光

父亲回到家
放下所有的斩获
母亲说了声　这老天
转身端来一盆热水
刹那间
寒霜在热气中消融
狂想在温暖里升腾

（本文登载于《如是诗刊》第 389 期"同题诗作"栏目）

被秋风吹落的日子

秋天来了　大地
把春天的希望
用夏天的汗水
把树叶染成的金黄
装进了冬天的梦想

碧绿的西瓜
把瓜农的希冀

装进了满满的行囊
红透了的内心
映红了瓜农的脸庞
甜蜜了独行客的心房

金黄色的玉米　一不留神
让果实压弯了
一个夏天的坚挺
一粒粒饱满的种子
怎么也细数不过
菜农的汗滴

橙黄色的板栗　裂开了
合不拢的嘴
尽情地述说着
每一个深情的往事
就像是
果农的心花在怒放

每个秋天
我都沉醉在故园
这迷人的稻花香里
静静地听取那
如潮的蛙声一片

无论是春的浪漫
还是夏的热烈
无论秋风是怎样的萧瑟
它也想把我的成熟
吹落在含蓄的冬天
等待着这一树的花开
成为你想要的模样

（本文登载于《如是诗刊》第 339 期"同题诗作"栏目）

东风瘦

四月的风　轻盈地
掠过三月的门前
也带走了久违的思念

四月的雨　滴落在
三月的大地上
却淋不湿心底的缱绻

风从东面来
一直往西吹
吹皱了一池春水
内心却泛不起涟漪

似乎早已习惯了波澜不惊
好像一切早就该麻木不仁
世事的变幻无常
运途的莫测难料
怎堪那
东风瘦　人情薄
人生如果有情痴
但愿　有爱
皆是无关风和月

（本文登载于《如是诗刊》第 407 期"同题诗作"栏目）

幸福多么辽阔

幸福是寒冬里的一件棉衣
幸福是饥饿时的半个馒头
幸福是世界那么大　你能去走着
幸福是病毒那么多　你还能躺着

幸福是一个暖心的搀扶
幸福是一杯热心的茶水
幸福是一个信任的眼神
幸福是一席鼓励的话语

幸福是油灯下的临行密密缝
幸福是离家时的意恐迟迟归
幸福是出门时的千叮咛
幸福是一路上的万嘱咐

幸福是亲人的微笑
幸福是阳光的温暖
幸福是和煦的春风
幸福是丰收的果实

幸福其实也很简单
简单其实也很幸福
幸福是奋斗的青春
奋斗的青春最幸福

幸福有汗水　无处不在
幸福和勤奋　如影随形

幸福多么辽阔

幸福就在身边　就在心间

（本文登载于《如是诗刊》第411期"同题诗作"栏目）

栀子花

五月的微风送爽

氤氲阵阵沁人花香

仿佛是久违的深情呼唤

再次在我的耳边回响

我轻轻摘下最羞涩的一朵

妩媚在你的发夹上

喜欢你的美丽素雅

欣赏你的馥郁芬芳

露珠亲吻着你的脸庞

蜜蜂甜蜜着你的琼浆

你羞赧着我的笑靥

我贪婪着你的清香

我不想热情被流放

你却给我一个无果的离殇

我不想痴情去流浪

你在我眼里最美

你在我心底最香

栀子花

你是我多情的初恋

我忘不了你
忘不了我们那段
最美好的青春时光

（本文登载于《如是诗刊》第415期"同题诗作"栏目）

甜蜜的事业

——为同名获奖照片题作

一场风花雪月的故事
燃烧着青春的热情
一段拈花惹草的传奇
荡漾着梦想的笑靥
一个招蜂引蝶的神话
忙碌着追逐的身影

这是一份甜蜜的事业
不用怀想
为谁辛苦为谁甜
田野的风
吹开了你幸福的笑颜
山谷的雨
滋润着你温暖的心田
晨曦的光
引领着你一路向前

我知道
这不单单是一场热烈的花事
那里有美丽的那拉提

那里有盛开的杏花
那里有你酿出的甜蜜

为梦想
你情愿风餐露宿
为信念
你选择四海为家
为了那份寄托与牵挂
你把脚步
烙印在海角天涯

这个七月，让爱生香！

这个七月
伟大的中国共产党
迎来了 101 周年的华诞
顺利走过沧桑百年
新的蓝图再次擘画
新的征程扬帆远航

这个七月
卢沟桥事变爆发 85 周年
铭记历史　不忘国耻
中国人民屈辱的过往
已随滚滚红尘而灰飞烟灭
奈良市的两声枪响
是世界和平的烟花和礼炮

这个七月

香港回归 25 周年
25 周年　是一个
从诞生趋向成熟的黄金期
25 周年　是一本
从稳定走向繁荣的宣言书
宣示了殖民主义的远去
昭告了港人治港的新生

这个七月
百年难遇的洪水
多次想漫过坝堤
八处管涌　危在旦夕
党员干部站成旗帜
全体村民齐心协力
筑成一道道铜墙铁壁
滔滔洪水　化险为夷

这个七月
还有太多的感动和欣喜
无数的七月　未来可期
美好的时光　精彩继续
这个七月　爱已生暖
这个七月　让爱生香

（本文登载于《如是诗刊》第 423 期"同题诗作"栏目）

进入八月

本已是过了七月炎热的时节
进入八月　难耐的暑热
与时光依依不舍　不忍离去
生怕错过了这一季
就要再等一年
我问风扇　热不
虽然它呼呼吐着热气
但它还是不停地摇摇头

清晨　太阳公公也热得
不想睡懒觉
聒噪的鸣蝉热闹了整个夏天
进入八月
我告诉鸣蝉　秋天来了
它虽然深信不疑
但它还是高声地叫着
知了　知了

汛期一过　进入八月
性格执拗的老天　惜雨如金
连续五十多天不洒一滴甘霖
水稻田里干裂成龟背状
站在田埂上的农夫
汗水滴落在地上
顿时　缥缈成一缕青烟

进入八月

本是收获的季节
在这个枫叶飘零的金秋
我孤独地行走
在希望的田野上
期待着风吹麦浪
一浪　高过一浪

（本文登载于《如是诗刊》第 430 期"同题诗作"栏目）

镜中人

小时候　懵懂无知
整天衣衫褴褛　蓬头垢面
我不敢照镜子
因为怕真实

长大了　青春年少
爱美之心　人皆有之
我问镜子
吾与城北徐公孰美
镜子沉默不语

成为王后的公主　问
魔镜　魔镜　告诉我
谁是世界上最美丽的女人
魔镜不敢说谎
因为一说谎就会破碎

诗仙太白在明镜前端详

自己猛吓了一跳

白发三千丈

何处等秋霜

唐太宗说

魏徵是我的一面镜子

因为他知道

以铜为镜　可以正衣冠

以史为镜　可以知兴替

以人为镜　可以明得失

历史和生活都是一面镜子

我们都是镜中人

而镜子只能看出外表

却照不出内心和灵魂

（本文登载于《如是诗刊》第 435 期"同题诗作"栏目）

秋分

在地球的两极圈之间

太阳来回地踱着方步

秋分来临

耀眼的光辉直射在赤道上

黑夜和白昼没了长短争执

热烈的秋色也平分安然

绝对的平衡终究是短暂的

太阳公公说
我要继续往前走
我要把以前欠下的
把他们给补回来
无论是白天还是黑夜
无论是酷暑还是严寒

秋分时节
是丰收的节日
风里闻着香
雨里裹着蜜
感谢春夏的播种和耕耘
才有了秋天的收获和笑意

在寂静的深夜
打一个青春的响指
叩醒了星星和月亮
在明亮的清晨
喊一声奋进的号子
呼唤着热情的太阳
来年的今天
我们还把丰收的喜悦来分享
每年的这里
我们再把欢乐的歌儿来吟唱

（本文登载于《如是诗刊》第 440 期"同题诗作"栏目）

秋风吹开一朵桃花

江南烟雨蒙
三月桃花开
你头顶着一片云彩
向我身边婀娜飘来

似乎是上天的安排
我本不会从这条小巷走来
只是这风情万种的巷道
让我来了又去　去了又来

你许我十里桃花香
我陪你三生石上坐
我感谢这迷人的错误
我更愿意就这样一直错

你的一个华丽转身
留给我无尽的想象
你说　等到桃花开了
你会和春天一同回来

秋风　秋雨　秋景
明眸望穿秋水
桃花潭水有你的身影
你已留在我心的桃花源里

你说好春天就回来
但我愿秋天桃花开

愿秋风吹开一朵桃花
我等你在提前到来的春天里

（本文登载于《如是诗刊》第442期"同题诗作"栏目）

格桑　格桑

你生在遥远的雪域高原
你长在巍峨的大山之巅
你把顽强的生命力
诠释得活灵活现
格桑　格桑
你是藏民的幸福之花
你是民族的友谊勋章

你从冰天雪地里走来
你从狂风暴雨中走来
你沐浴着高原的阳光
你坚忍着雪域的冰霜
格桑　格桑
你是忠实美丽的天使
你是坚毅品质的代言

无论山有多高
不管水有多长
你穿过了绿绿的草原
你越过了皑皑的山川
格桑　格桑
你永远在我的心底

我永远在你的身边

无论平地与山川
不管酷暑和严寒
你把美丽留给了人间
你把微笑献给了蓝天
格桑　格桑
我会珍惜这所有
我要惜取在眼前

（本文登载于《如是诗刊》第445期"同题诗作"栏目）

寻梦的旅程

N 多年前
一声清脆的啼哭
刺破了黎明前的宁静
我降临在这个世界
明晃晃的剪尖上
还滴着母亲与我
共有的最后一滴血
接生婆决绝地剪断了
我与母体连接的脐带
从此我便带着父母的期待
开启了我寻梦的旅程

校园里　我如饥似渴
汲取着知识的玉液琼浆
工作中　我虚心好学

享受着职业的艰辛喜乐
我怀揣着梦想上路
我不想在寻梦的旅程中
变得迷茫和虚无

我曾想在大海里航行
我曾想在沙漠中跋涉
我曾想在森林里探险
我曾想在天空中翱翔
每一个寻梦的旅程
我都在霞光里绽放

我的城市生病了
像是摁下了暂停键
生活都安静了下来
我关闭了所有的闹钟
但改变不了我的生物钟
活在现实里
我开始关心粮食和蔬菜
我仍在寻梦中
我想　只要有梦想
我都在寻梦不止的旅程上

（本文登载于《如是诗刊》第 449 期"同题诗作"栏目）

第五辑：致敬典范

一生只为人饱腹

——颂"杂交水稻之父"袁隆平院士

为了母亲的微笑
您愿做一粒种子
您要做一粒好的种子
播撒在广袤的中华大地上
让梦想在风雨中拔节　抽穗

为了大地的丰收
您恨不得把自己的头
也同禾苗一起扎进土里
让心愿在阳光下分蘖　结实

是您　把农民
从"锄禾日当午"的劳作中
解放了出来
是您　把粮农
从"汗滴禾下土"的辛苦中
拯救了出来

是您　让 14 亿中国人
牢牢把饭碗端在了自己的手中
是您　让数以亿计的贫困人
告别了贫穷和饥饿

您是新时代的农民
田间地头都有您忙碌的身影
您是当代的神农氏
让人端起盘中餐
都知粒粒皆是您

听您用琴拉起《我的祖国》
我看到了
一条大河波浪宽
我闻到了
风吹稻花香两岸
我知道　是您
为了开辟新天地
唤醒了沉睡的高山
让那河流改变了模样

2021 年 5 月 22 日
小满节气的第二天
正是江南早稻灌浆的时节
而您却溘然去了天国
肥沃的田野里
禾苗在为您鞠躬　弯腰
在细说丰年的稻花香里
您是否也在听取这蛙声一片

自古以来民以食为天
虽然是四海无闲田
但为何农夫犹饿死

而今您以民为先
不仅禾下能乘凉
而且地球全覆盖
院士袁隆平　国士袁隆平
您的一生只为人饱腹
您是"共和国勋章"的获得者
您是世界的"杂交水稻之父"

（本文登载于 2021 年 5 月 25 日《神州文艺》）

为了心中那一莲花开

——赴萍乡甘祖昌干部学院培训学习感怀

为进一步增强党组织的创造力、凝聚力，农行景德镇市分行于 2020 年 8 月 7 日—8 日组织党员干部赴萍乡甘祖昌干部学院开展党员培训学习。在短短两天的培训学习当中，按照教学日程安排，我们所有学员都非常认真地参加了培训学习，通过访谈教学《薪火相传，信念永恒——沿背红色印记》、参观甘祖昌"不忘初心"事迹陈列馆和甘祖昌故居、观看情景教学红色教育题材采茶剧《并蒂莲花》等课程的所见所闻，大家都深深地被甘祖昌将军和龚全珍老阿姨无私奉献、一心为民的先进事迹所感动！我现写下匆匆数笔，谨以此篇向甘祖昌将军和龚全珍夫妇致敬！

今天　我们迎着晨曦
一路前行　直奔赣西
以一份朝圣的虔诚
用顶礼膜拜的真诚
去接受一场
心灵的荡涤和洗礼

一来到了将军故里
我们就感受到了
甘祖昌夫妇的无私和伟大
也越发觉得自己的卑微和渺小

南征北战的枪林弹雨里
你出生入死　功勋卓著
军功章在血雨腥风里
越发显得熠熠生辉

面对着高官和厚禄
多少人都在梦寐以求
而你却三递申请
要解甲归田　回乡务农

面对着金钱和利益
多少人都想巧取豪夺
而你却把工资的 80%
去兴修水利　修路搭桥

面对着权力和优待
多少人都在挖空心思
而你却拱手相让
不多吃多占　不添麻烦

在不做样子的无数日夜里
你出钱出力　亲力亲为
在不摆架子的实际劳动中
挎包　水壶　旱烟杆
还有那条白罗布手巾
已定格成老百姓心中
一座巍峨的丰碑

一条条修好的公路
引领着老百姓
一起奔向富裕的远方
一座座兴修的电站
照亮了村民们的胸膛
一道道架起的桥梁
温暖了老百姓的情感
一座座加固的水库
浇灌着村民们的幸福之花

总有人会问
你们这样做　不傻吗
你们用实际行动
做出了坚定的回答
也许有人会问
你们这样做　值得吗
你们的丰功伟绩
已成为百年传奇
为了心中那一莲花开
你们已经化作了并蒂莲花

沿背河的一山一水
涌动着你们的深情
沿背村的一草一木
洋溢着你们的温馨
我们欣喜地看到
你们的善行和义举
正如薪火相传
在发扬光大　遍地开花
正如燎原之火
在光照未来　映照千秋

[本文登载于 2020 年 8 月 12 日《神州文艺》"签约作家（诗人）"专栏]

为官当如焦裕禄

——赞县委书记的好榜样

在风沙肆虐的寒风中
在飞沙走石的暴雨里
一个县委书记
靠一辆自行车
凭一双铁脚板
在任上的 475 个日夜里
走遍了 120 多个村
行程 5000 多里地
他就这样走进了
兰考县人民的心里

在灾害严重的窘境里
在忍痛挨饿的日子里
一个县委书记
挤在一个陋室里
坐在一张旧桌旁
一床被褥
反复用了十几年
一身衣裤
足有 40 多个补丁
所有的遗产
只是自己的手表和钢笔
他就这样活在了
兰考人民的心底

在风沙最大的时候
他带头去

查风口　探流沙
在洪涝最险的时候
他蹚水去
察洪水　看流势
在天寒地冻的时候
他冒雪去
问民情　送粮款
在没有仪器的时候
他亲自去
用手搓　用口尝

焦书记去世后
一大片泡桐树林活了
寒风吹过
"焦桐树"仿佛在鸣咽
细雨绵绵
桐树叶也抖落着泪滴

很多年后
"焦桐树"已长大成林
产业把"焦桐树"做成了
一件件乐器
从此
世界美妙的旋律里
多了"焦桐"发出的声音
让我们也仿佛听到了
焦书记会心的笑声

如果说
生子当如孙仲谋
我唯愿
为官当如焦裕禄

（本文刊登于《景德镇银行业》）

纪念屈原，不只是一个节日

——端午时节忆屈子

粽叶飘香
香不过你的英烈美名扬
龙舟竞渡
捞不起你的爱国热心肠

当楚国已在风雨中飘摇
当郢都已然是苟延残喘
而你
身为一个遭贬谪的"罪臣"
却逆行在"走为上"的人流之上

"朝秦暮楚"的大流
改变不了
你"一心向楚"的初心
无情的现实
让你的名篇《哀郢》
成为了楚国的挽歌

汨罗江边
面朝楚郢
你纵身一跃
将躯体和豪情
一起化为了悲歌
虽然波上泛起了
你"楚国一统"的泡影
但泡影也已注定

在中国历史的长河中
掀起了波澜

路漫漫其修远兮
吾将上下而求索
水滔滔其深远兮
吾将如何上下而求索

如今
后人们一说起端午
就都会想起你
我想
记起你的
应该不只是一个节日

李白：一个云游的仙客

历史的长河中
注定有一段时光
会因你而流光溢彩
光阴的行色里
注定有一段旅程
会因你而摇曳多姿

不读万卷书而行万里路
那可能只是一个邮差
读万卷书而不行万里路
那可能就是一个宅男
而你

把读万卷书行万里路
演绎到了极致
你洋洋洒洒的诗篇
成就了一个传奇的诗仙

将豪情写进诗篇
让你的岁月
见证你从青丝到暮年
把才情融进酒里
随你的生命
从碎叶城走到了采石矶前

你斗酒一饮就诗可百篇
你长安街上酒家也可眠
天子呼来你洒脱不上船
你自称我是豪放酒中仙

熟读你的诗篇
因为谁也都想
下笔千言
你肯定不知道
你的古诗成了儿歌
要在世间传诵几千年

羡慕你　诗仙太白
你是一个云游的仙客
我愿随你
将一生的豪情
洒落在月影花间

（本文刊登于《景德镇银行业》）

豪放不羁　桀骜不驯

——为苏东坡的坦然淡定记笔

凭大气文采　很庆幸
后人可以追记你为文豪
论高中榜眼　很可惜
朝廷没人任用你为宰相

虽然你知道
那不是一个凭本事
就能加官晋爵的时代
但你丝毫不觉得
这有多屈才
那有多不服
你除了淡定
就是坦然

纵使盟友成你政敌
纵然半世颠沛流离
你还是喝你的酒
你依然写你的诗
你除了坦然
就是淡定

豪放不羁是你的秉性
桀骜不驯是你的勇气
你只相信
吾生无恶　死必不坠
你可以被毁灭

但你不会被打败

虽然你已安静地离开
虽然你已幻化成青烟
但你的淡定和坦然
已深深地印在
后世人的心间

人生为何不快乐
只因未读苏东坡
人生想得真快乐
劝君多学苏东坡

玄奘

——一个执着的圣者

没有临别的不舍赠言
没有浓情的执手相牵
也没有大唐皇帝的
一纸准许的书笺
只为探究佛学各派的真言
你忘却了儿女情长
你放下了尘世情缘
在一个亮丽的清晨
你决然上路
你一路向西
一心向着日落的天边

不管前路有多艰险

不管经历有多苦难
也不管大漠的孤烟
是否会高过云端
只凭你内心深处
一心向佛的信念
你就一直向前　向前

夕阳西下
你一袭袈裟
与晚霞争艳
朝阳升起
你孤独的身影
把时光点染

天边大雁与你做伴
他国烽烟你也淡然
溪水泉边
你星光下安眠
崇山峻岭
你却无意流连
十八年的时间
已如过眼云烟
但在你的心底
已化作了那一朵莲

不曾想
一次悄然的开始
一场寂寞的独行
就这样成就了
一部千古流传的神话名篇

玄奘
你是世界和平的使者

你是一个执着的圣者
你是天竺黑暗里的一个亮光
你是中华民族的脊梁

（本文刊登于《景德镇银行业》）

二、散文篇

第六辑：故园亲情

我人生的第一双皮鞋

人生的道路有千万条，一路走来，伴随你走过千山和万水的，至少有你心爱的一双鞋，所以，回首来时的路，留下的往往都不是你的足迹和脚印，因此，是不是就可以这样认真地开玩笑说，你的所到之处，留下的应该绝大部分是你的鞋印。

人在出生时，虽然没有从娘胎里穿着一双鞋出来，但在出生以后的一生当中，除了睡觉和其他特别情况以外，那就很少有人能够离开鞋了。

我小的时候，从有记忆起，穿的鞋就都是妈妈纳的"千层底"布鞋，说起"千层底"布鞋，现在只有上了四五十岁的人才会有比较深刻的印象。

小时候，因为家里小孩多，又买不起鞋，要有鞋穿，都是靠妈妈亲手做。所以，从我有记忆的时候起，总看见妈妈在天气好的时候糊晒做鞋用的"布刮子"，天气不好的时候就在"绗鞋底"，有时候晚上我都睡了一觉醒来，看见妈妈还在昏暗的煤油灯下一针一线地纳鞋底，那密密麻麻的针脚，一行一行整整齐齐地排列着。我说："妈，好晚了，你怎么还不睡觉呢？"妈妈说："你乖乖地睡吧！等到过年的时候，妈妈要赶着帮你们做新鞋子穿。"我妈总是这样，每天都在为家人的衣食操劳着。

我从小学到初中，一直都穿着妈妈亲手做的鞋。这种"千层底"的布鞋，在天晴的时候穿着是非常轻便舒服的，但一遇雨天，鞋底湿了，就很不容易晒干，天冷的时候还要放到火炉上去"烘焙"，有时候鞋底都烘焦了，但鞋里面又还没干透，第二天又没有替换的鞋，又不得不穿。所以，在寒冷的冬天，我的脚就像是泡在冰窟窿里年年都生冻疮，有时还皲裂流血，有时冻得肿了，连脚都穿不进鞋里。

到了在乐平城里读高中的时候，虽然脚也跟着长大了，我还依旧穿着妈妈以前做的布鞋，但大多数同学都在穿着球鞋或旅游鞋，也有少数的几个同学是穿皮鞋的。我看在眼里，心底很是一阵艳羡。

有一次，学校召开校运会，要求每个班级参加入场式的同学都要统一服装，包括还要一双白色的球鞋。我当时心里不禁窃喜，因为这样，我就可以有充足的理由来要求家里给我买一双球鞋了，这样，以后我就可以不用天天穿跟大家不协调的布鞋上学了。

周末放学回家，我嗫嚅着跟妈妈说了，没想到妈妈这次竟然很爽快地答应了。妈妈说："今天我挑了一担菜上街卖了，有九块多钱呢。"然后问我买一双球鞋要多少钱，我说："我看过了的，要三块七毛多呢！"于是，我妈就给了我三块八毛钱，说让我自己去买。我接过钱，就飞奔似的跑到城里百货商店买了一双白色的球鞋。自参加校运会后，我便天天穿着那双白色的"回力"球鞋上学，也不怕雨天湿鞋了。

到了考上江西银行学校在南昌读书的时候，我依然穿着那双白色的球鞋，但看到其他大多数同学都穿皮鞋了。当时我想，我为什么在别人都穿球鞋的时候我却穿着布鞋？而当我能够穿上球鞋的时候，为什么别人却都在穿皮鞋了？为什么我好像总要比别人慢上那么半拍？

1985年寒假的一天，我隔壁大妈的家里又来了一个相亲的。听人说，来的这个后生是骑着一辆崭新的"永久"牌自行车来的，脚上还穿着一双油光锃亮的皮鞋。没想到，隔壁大妈的女儿凡凤姐一口就应承了这门亲事。村里人都知道，凡凤姐是村里出了名的大美人，又会缝纫手艺，同村时常都有好几个年轻后生仔来抢着帮隔壁大妈家里劈柴、挑水，这里面"醉翁之意不在酒"的用意，隔壁大妈和凡凤姐的心里比谁都清楚，但也都没松过口。而这次凡凤姐这么爽快地满心应承，我想，来的后生也不见得长得有多清秀，但我不明白，到底是自行车还是皮鞋就这样赢得了一个怀春少女的芳心？反正，从那以后，我自己也特别想要拥有一双皮鞋。

在南昌江西银行学校读书的时候，我最不愿意洗和最难洗的就是鞋子了，而我看到其他穿皮鞋的同学从来都不用洗鞋子，不管穿了多久，只有比较勤快且爱整洁的同学才会用专用鞋油去擦一擦，擦了鞋油以后，鞋子又像全新的一样，这让我感到非常的新奇。我想，我即使是省吃俭用也要去买双皮鞋来穿着试试。经过几个月的节约计划的实施，我终于有了差不多可以去买一双皮鞋的钱了，于是我就去了南昌百货大楼。在琳琅满目的皮鞋专柜前，我犹豫了很久。看着来购物的人络绎不绝，我摸摸口袋里的钱，如果要买一双美观牢固的牛皮鞋是不够并且是舍不得的，于是我就买了一双 13 块 8 毛钱的猪皮鞋。那时候，我在学校每个月的助学金才 16 元钱，现在想起来，自己当时还真是够奢侈的。但无论怎样，我还是拥有我人生的第一双皮鞋了！

那时候都时兴给新鞋钉铁的鞋掌，一是可以保护鞋后跟不被磨损，二是走起路来可以发出"叮当、叮当"悦耳的声音。于是，我也狠心再斥资 5 毛去给新鞋钉上铁的鞋掌。谁知道，鞋掌钉好以后，鞋匠惊奇地告诉我，你这双鞋两只尺码不一样大啊。我一看，还真是这样，想到我买鞋时的激动，只试穿了一只鞋，而根本就不会想到鞋还会有不一样大的事。等我拿到买鞋的地方去要求换的时候，那个售货员说，你都钉上鞋掌了，叫我怎么能给你换呢？我只好悻悻地拿着那双不一样大的皮鞋回来，我看看又实在舍不得丢，想想自己的脚也不是穿不进去，只是一只紧一点、一只松一点而已。反正穿在我的脚上，我不说，谁也不会知道。

有一天，我穿着拖鞋在盥洗室洗衣服，我同寝室的另一个小个子同学跑来跟我说，他想借我新买的皮鞋穿一下，去照张相寄给家里，我当时怕同学说我小气又不能不同意，就借给了他。还好我那同学穿着那双皮鞋照相后，愣是没发现皮鞋不一样大，因为他的脚比我的脚小，而这至今都是埋在我心底永远的秘密。

无独有偶，我又想起 1986 年寒假的一天，我听到已出嫁的凡凤姐在嘤嘤地哭，隔壁大妈也在跟着叹息。后来我听别人说，凡凤姐都没看出来答应嫁的这个男人，他右手的三个手指头是伸不直的，而且那天来相亲时，他骑的自行车和脚上穿的皮鞋都是借来的……

当我现在可以每天任意穿着皮鞋或旅游鞋上班的时候，惊奇地发现，现在很多成功的有钱人士和有钱的成功人士都纷纷穿起了我小时候不太愿意穿的布鞋。我想，虽然生命没有轮回，但在人世间，有些事似乎是可以轮回的。比如穿鞋，原先我总认为我为什么总要比别人慢上半拍，现在看来，我从小时候起，就已经比现在的有钱人士和成功人士至少快了三拍。我想，有钱人的成功之处就是可以回到从前，而我虽然只是在努力地追赶着别人的步伐，但我觉得我的趋势和方向是永远向前的！

我人生的"第一次""第一个"的故事还有很多，比如，我人生的第一块手表、我人生的第一件毛衣等。我想，漫漫人生路，穿鞋有无数，不管你穿什么样的鞋，关键是要走好每次的第一步。这正如穿衣服扣纽扣，第一粒你扣正了，后面的你就偏不了了！

（本文登载于 2020 年 4 月 18 日《金融作协》）

我人生的第一块手表

随着时代的发展和变迁，特别是手机的普及，现在戴手表的人确实已经不多了。

而在 20 世纪七八十年代，如果你能拥有一块自己的手表，那可是一件非常令人羡慕和值得炫耀的事。因为在那个年代，"手表""缝纫机"和"自行车"是年轻人结婚所必需的三大件。曾有个笑话，现在想起来都觉得很有韵味。说是有个人，他好不容易戴上了一块手表，当时天气还不是很热，为了能让人看见他戴上手表了，他便把衣袖挽起很高一截，太阳一照，整个手表就熠熠闪光，可大家也正因为妒忌就视而不见，那人见实在没辙，就说："这天气实在是太热了，我把我的手表拿下来凉快一下！"众人一听，这才会意似的故作惊讶地回道："哦！你从什么时候开始戴上手表了？"那人听罢，脸上便立刻得意地神采飞扬起来。那神情，不亚于现在的高中生拿到重点大学的录取通知书时的开心。这个故事，虽然过去了好多年，但我依然很清楚地记得。如今的很多年轻人已经是很难想象那个画面了。

我是从 1974 年虚龄 8 岁时才开始启蒙读小学的，那时候的小学老师里面，都少有人会有手表的，我记得似乎除了威严的彭校长，也就是从上海来的知青、我们的班主任——漂亮的瞿桂兰老师有手表。我虽然家里穷，但从小读书时，我的学习成绩就一直挺好，也颇得老师的喜欢。所以，在我想看看老师那块神奇的手表时，我就故意问："瞿老师，现在几点了？"只见瞿老师会轻轻地卷起左边衣服的一点点袖子或从上衣右边的大口袋里拿出手表来，然后告诉我几点几点。接着，我就炫耀地告诉其他同学，我刚问过瞿老师了，现在已经是几点几点了。说实在话，那时候我根本不知道表上的几点几分几秒是怎么认出来的，压根就没有什么时间观念的。

有一次，瞿老师见我又问她现在几点了，猜我可能是很喜欢手表，她就叫我伸出左手来，用圆珠笔在我的手腕上画了一块手表，画好后，我那得意劲，别提有多高兴了！当时我也顾不上天气是否还很冷，把本来就很破旧的衣服左边的袖子撸起好高，见着同学，我就叫他们问我"现在几点了"，然后很郑重其事地告诉他们几点几点了。虽然画的手表的表针是不走的，但我还是会认真地告诉他们不同的时刻,而且连续好几天洗脸时都不舍得把画在手腕上的表洗掉。现在想起来,虽然画的是假手表,但在当时,比任何一个人拥有真手表还高兴!当时虽然只是用圆珠笔画的手表,但我想,它在一天的时间当中,至少还有两次肯定是准的。

在我很小的时候,我就记得我妈妈总是要第一个早起,应该是每天天还没亮就起床,因为我爸要赶早去乐平搬运公司做拉大板车的活,另外,还有三个哥哥也要赶早去做事或读书,虽然我不用早起,也没看到过,但每天起床后,看到妈妈早就煮好了一大锅粥就知道了。因为其他人家也都没有钟和手表,但隔壁的邻居都说我妈妈是"定时钟",因为他们在听到我妈妈起床后,就知道肯定是快要天亮了。我妈妈的"钟"也有不准时的时候,有几次,我妈妈在把一大锅的粥煮好很久后,天都还是没亮。我想,我妈妈为了一家人的衣食而操劳,一晚上肯定是睡不到几小时的。现在想起来,要是我妈妈当时能有一块手表,那该有多好啊!

1982年下半年,我终于考到乐平读高中了,一读高中,看到其他比我优秀的同学都比我还努力,着实让我触动不少,我也似乎一下就长大了很多。为了读书方便,当时我就寄宿在城里的姨父姨妈家。姨父姨妈家里有一个座钟,它逢半小时就响一声,而逢几点整的时候就会响几声,到了晚上,特别是夜深人静的时候,我会觉得那个钟的声响特别大,有时候等你刚有睡意,那座钟又"当、当、当"地响了起来,所以,我有时候会因为不能及时入睡导致睡过了头而上学迟到。

为了能按时上学和早点起来读书,我还"发明"了一个绝好的方法,那就是在晚上睡觉前,我就特意强迫自己喝一大茶缸的温开水,等下半夜自己要起来尿尿的时候,我就不去睡了而开始看书,这样,上学也就从来没有迟到过了。现在想起来,我那时候要是有一块手表,该有多好啊!

到了1984年暑期,我就要升读高三了,那时候,我就已隐约得知我爸得的病是食道癌,我也曾认真地想过要请假去照顾我爸,我爸硬是怕耽误我的学习,也坚决没有同意我请假在家照顾他,因为我爸一直有个心愿,那就是能看到我考上大学跳出"农门"。我爸在病中总是说,他就担心他去世后,如果小的(也就是我)考不上,今后,一个老的(指我妈)和一个小的日子就会很可怜了!

现在想起来,肯定是我爸在病中又问起我当时的学习情况怎么样了,我家人就告诉我爸说,现在老四(我在家排行老四,所以,老四也就成了我的小名)已经算很懂事的啦!他虽然没有手表,但他为了抓紧时间读书和不迟到,他就在睡觉前喝一大茶缸水,等早上要起来尿尿时就开始看书,不要家人怎么管了。

爸，你就好好地安心养病吧！对老四，你就放心好了！

1984 年暑假，我们准备读高三的学生都是要开始补课的，有一次周末放假，我回家看望我的父亲，看到我爸因为病痛的折磨已经是骨瘦如柴了。我坐在我爸躺着的竹床边，忍不住伤心落泪起来。我更没想到的是，我爸竟然要把一块他在上海看病时花了 80 多块钱买的"宝石花"手表交给我，我的眼泪当时就夺眶而出，并表示坚决不肯收下，我爸说："你现在在读高中，你用得上，你要好好读书！"我忙回话说："爸，我一定会的！"在我不忍心再推辞的情况下，我就这样拥有了我人生的第一块手表。

记得后来，二姐知道我接受了爸给的手表后还责怪过我，二姐说："四弟，你怎么这么不懂事？我们的爸爸又还没怎么样，你怎么就可以要他给的手表了？"我说："二姐，不是我向爸要的，而是爸爸要给我的，我不想要，是爸都不高兴了，我才接下来的。"

从那以后，我便时时刻刻戴着我爸给我的那块手表。天热的时候，我下河洗澡，因为手表不防水，我便把手表小心翼翼地摘下来，然后把它用一只袜子包起来，藏在一块石头下面，然后，上岸第一件事就是在第一时间找到手表并戴上它。

自从我有了我爸给的我人生的第一块手表以后，我也更加珍惜时间，我每天都告诫自己要时刻努力，我的学习成绩也进步了不少。可是，就在我爸给我手表不久后的农历七月二十四日上午 8 点 16 分，我爸还是带着他没有看到我考上的遗憾和对家人太多的不舍永远地离开了我们！

从我爸给了我人生的第一块手表的那天起，那块手表就一直陪在我身边。后来因故障修过几次后，修表匠很惋惜地告诉我，这表再修也难有用了。所以，在我 1997 年 30 岁生日的时候，我爱人把一块金灿灿的全自动的"西铁城"手表作为礼物送给了我。于是，我把我爸生前给我的我人生的那第一块手表珍藏了起来。现在每一次看到，我都会想起我爸，我爸的音容笑貌就又会浮现在我的眼前，我爸还是那样的可敬、可亲！他似乎时常还在催我奋进，并伴我努力前行！

（本文入选《当代散文诗歌精品选》）

我人生的第一件毛衣

毛衣，俗称毛线衣，用我的家乡乐平话来说就是"毛绳"，对现代人来说，穿毛衣已是再普通不过的事了，但在我小时候，那可真是一个遥不可及的梦想。

因为那时候，我看到别人家的小孩有毛衣穿，我也特别想有一件，就哭闹着问妈妈要。现在想起来，那时真是年幼不懂事，因为不知道当时家里的经济状况差到什么程度。结果是任凭我怎么哭闹，家里也没法满足我想要拥有一件毛衣的愿望。别说是毛衣，就算是一件稍微体面一点或不破旧的衣服都已经很不错了。即使是在过年的时候，别人家的小孩子都有新衣服穿，我也只有眼馋的份，虽然心里也非常想要，但我还是会故作姿态地对妈妈说，我一点都不喜欢新衣服。

因为兄弟姊妹多，而且妈妈从年轻时就长年生病，家里的经济收入仅靠爸爸一个人的劳作所得。尽管我爸特别的勤劳，我妈也特别的节俭，但跟一般人家里比，我家里总是要清淡、拮据很多。在小孩的穿衣上，家里从来都是大的衣服穿小了就给小的穿，小的穿小了以后就再给更小的穿，我的前面有三个哥哥，所以，等衣服轮到我穿的时候都已是补丁摞补丁的了，到我的身上也已经是越来越重的了，一件棉袄都还非要套一件稍微好一点点的外衣才能穿得出门，外面的一件虽然绝对不能算是"金玉其外"，但里面的棉袄绝对可以算是"败絮其中"的。

不知道为什么，我总觉得小时候的冬天特别的冷，也特别的漫长，现在想起来应该是因为家里穷而少有衣裤穿吧。那时候的年轻后生都喜欢听别人夸自己冬天衣服穿得少以说明不怕冷、身体好，也确实从没听谁承认过自己是因为没有足够的衣服御寒而如此的。

有一年冬天，我到我城里的姨父姨妈家玩，我下身才穿了一件单裤，两腿都冻得瑟瑟发抖，牙齿都冻得不由自主咯咯作响。我姨妈看到我嘴唇都冻紫了，就找了一件我姨父早年穿过的裤头很高的棉裤给我穿上，虽然很不合身，但穿上不久，我就慢慢感觉到一股暖流在全身上下涌动，也让我从那时候开始才真正感受到什么是不一样的温暖。

小时候，我觉得毛衣很神奇，因为它是心灵手巧的妇女手工编织的，如果穿小了、穿破了还可以拆了改大或再加上另外的毛线织成新的，所以，我小时候看到少数人家的姐姐或阿姨偶尔在织毛衣，我都感觉到莫名的艳羡，总会想象着如果穿在我身上会是怎样的温暖和美丽的样子。

到了我读高中的时候，我爸爸便已患病不起，并在我高考前就去世了，世事的无常和难料也再次让我慢慢成熟和懂事了不少，应该也是应验了古人说的"穷则思变"吧，我也开始把心思都集中在读书上，没有再去想到底什么时候才能拥有一件毛衣的事了。

1985 年我参加高考，分数公布出来，我刚过中专学校录取线，依照我平时在班上的成绩和排名，算是没有发挥和考出我真实成绩的。但在那时，我知道，虽然只是一个中专，也是可以改变一个农村孩子一生命运的，一是可以转城市商品粮户口，二是意味着毕业就会有工作。尽管我并不甘心就这样去读一个中专学校，但我家人说，现在爸也不在了，你还是考上了一个学校就去读吧。于是我也不得不放弃了复读重考的机会。

虽然只是一个中专，但那年在我那个 800 多户、4000 多人的大村庄里，一开始就考上的我是唯一的一个（后面降分又补录了两个，当然也都是中专）。对村里来说，一年能考上三个，也是件值得高兴和自豪的事，为此，村书记和村主任还特别请我们考上的三个人及家长到村委会食堂吃了一餐中饭，按照村规民约，村委会还奖励了我们每人 400 元钱，但我的 400 元钱的奖励，在村委会扣除我家以前欠下的农业税款后就所剩不多了。

为了庆贺我的录取，家里还为我摆了一个好大场面的谢师宴，说是谢师宴，除了我高中班主任徐国明老师和他的爱人张美玲老师（张老师也是我初中的数学老师）还有初中英语杨德生老师外，其余都是家里的亲戚和老邻居，也没有同学来参加我的谢师宴，包括还专门送给我一本笔记本和一支钢笔以示祝贺的初中同学方加根。

1985 年暑期，我感觉过得轻松又漫长，一是没有了学业的负担和紧张，二是天天就盼着能早日去南昌到被录取的学校报到。

报到日临近，我姨妈也非常的高兴，她杵着一双小脚，专门从城里走过浮桥给我送来了一床满是"囍"字的被单和红被面。大哥、大嫂也送给我一床他们结婚时添置的棉絮，并用姨妈送给我的被单、被面包住钉好，二哥还带我到老百货商店买了一个棕色的皮箱。那几天，家人都在为我即将去外地求学的远行开心地准备着、忙碌着。

在就要去报到的头一天晚上，二姐也到家里来了，只见二姐拿出来一件崭新的深灰色的毛衣对我说："四弟，你也不容易，现在也终于考上一个学校了，姐姐特意赶时间，帮你织了一件毛衣送给你……"还没等二姐把话说完，我高兴得眼泪都快要流出来了！我想，还是我二姐了解我。我想，我终于拥有一件毛衣了，一件属于我自己的毛衣！我人生中的第一件毛衣！

刚去江西银行学校读书的时候，南昌的天气还很热，平时没事的时候，我会轻轻地抚摸那件毛衣，并且是爱不释手地看了又看，心里总盼着冬天能早日来临。

在我的热切期盼中，南昌的冬天终于来了。没想到，南昌的冬天不仅特别的冷，风还特别的大。于是，我迫不及待地拿出我二姐送给我的毛衣来，穿在身上，毛衣还是高领的，套在身上，把头从领口钻出来，一下子就感觉上半身被毛衣紧裹着。没想到毛衣原来还是这样富有弹性的，再看看样式，非常的精致，毛衣的前胸和后背中间各有一列菱形相接的图案，菱形图案的两边，织起两条笔直的凸起的线边，真是漂亮极了！我从心底佩服我二姐的心灵手巧。

有一次，我去盥洗室洗衣服，为方便用力，我脱去了外套，把毛衣露在了外面，有个同学突然很惊讶地说："你的这件毛衣打得真是漂亮！"不知怎的，我真的似乎是一下就自信了很多，想想自己读高中时只有孤独寂寞，没想到，一件毛衣竟会让我体会到自信！我想，我现在仅存的一点点自信可能就是从那时开始的。

银校毕业参加工作以后，我有缘认识了一个女孩，她时常穿一件漂亮的毛线外衣，那时候，我看见她只要有空就在织毛衣，虽然我一开始也没有恋爱的想法，但我对会织毛衣的女孩有一种莫名的好感。经过一段时间的接触，当时也还没有确定恋爱关系，有一次，我到她单位玩，我看见她又在织一件快要织好的毛衣，我就说："你的毛衣织得真漂亮！"她说："要不，你试一试？"我忙说："你又不是给我打的。"她说："如果你不肯试，那我就把它烧了。"听罢，我便立刻开始紧张起来，我犹豫着，只听到她又说："你还是试一下吧！如果小了，我就拆了重打。"说着，她就把那件快要打好的毛衣往我的头上一套，谁知道，这一套，到现在就套了我30年了，因为这个女孩后来就成了我孩子他妈！

随着时间的推移，国家的经济不断强大，我的家庭经济生活质量也逐年提高，我现在也还是非常喜欢穿毛衣，不过，我的爱人她现在也没空织毛衣了，但我几乎每年都会买毛衣。我感觉现在有点浪费，因为毛衣穿旧了或过时了，即使没破，我爱人也不让我再穿。恐怕是像只有经历了生死的人才会有对生命的顿悟一样，经历了苦难的人也才会深切感恩这来之不易的幸福！

我已不记得我现在到底拥有过多少件毛衣，但我永远记得我二姐在我最渴望的时候送给我的毛衣，是她带给我温暖！给了我自信！

（本文入选《当代散文诗歌精品选》）

我童年时的春节记忆

在中国，尽管人们物质生活越来越丰富，人民生活水平越来越高，但只要一想到春节过年，每个人的心中依然会升腾起一种莫名的冲动和喜悦。"有钱没钱，回家过年"，可以说，中国人过年的隆重热烈程度，对于非华人而言，是难以想象的。单是把"新年好""新年快乐""恭喜发财""吉祥幸福""万事如意"等祝福的话语说过千万遍，重复说上 N 多年，人们还都乐此不疲，百听不厌，就可见一斑了。

不过，一说起过年，我还是会想起童年时的春节，那时候大家的物质生活都不丰富，我家更不例外，我们每一个小朋友的心中几乎每天都在盼着过年，因此，也可以说，我们那一代人都是在对过年的期盼中长大的。

一说起童年时的过年，因为我的几个姐姐都已出嫁了，我总记得我妈妈跟其他人家的妇女一样都是最忙而且是最累的。一到腊月边，江南雨水和阴沉的天气居多，一遇晴天，妈妈就会叫我赶早起来，以便她能把所有床上的被面和床单都进行浆洗，棉絮和稻草垫还要去抢占向阳的位置进行曝晒，然后就是把饭甑架、菜橱和桌椅板凳等搬到水塘边逐一清洗，直洗得腰都很难伸直时才歇一下。虽然我只是在边上帮忙搬些小件的家什，但那时候我就觉得我好像是个小大人似的。

我们南方不像北方"过了腊八就是年"，在我的家乡，一般都是在临近腊月二十四"过小年"的时候，才真正逐渐显示出一天不同一天的年味。腊月二十四过小年的这一天，妈妈就告诉我说，腊月二十四是"灶神"也就是"司命公"上天的日子，司命公上天主要是汇报他在凡间这家一年里的所见所闻。怪不得我妈平时总是叮嘱我们不要用筷子和火钳在锅台和灶前弄出声响，说那样就惊动了司命公，如果这样，他就会在腊月二十四上天时如实汇报，那我们家今后就得不到神灵的庇护而不能平安顺利。所以，每年一到腊月二十四这天，我妈妈便会把茶叶、大米和黄豆混装在一个小碟子里，在灶前焚上三根烟香，然后十分虔诚地双手合十，并在口中念念有词，说些祈求司命公"上天言好事，下界保平安"的话。我想，只要有妈妈的诚心在，家人都是会越来越幸福平安的！

　　一过了小年，各家各户的花色糕点就被列入紧张的计划当中，因为那时候很多制作的工具都是要借用的，如果不早去预订，是很难如期完成的。也不知道为什么，那时候，别人家里炒花生、炒瓜子和做"冻米糖"（我们家乡乐平叫"碾锅巴"）似乎总是要在很晚才开始，在深夜才做好，因为我总是会在睡觉时被那炒熟后的花生香味和"碾锅巴"时"嚓、嚓、嚓"的切块声吸引着从梦里醒来，至今想起，还回味悠长！

　　最值得记忆的还是我家乡乐平特有的"纸烟糖"，现在都早已改成叫"香烟糖"了。那时候可不是每家都会做或做得起"香烟糖"的，反正我记得我家里好像从来都没做过，小时候看到别人家里做"香烟糖"，心里满是羡慕，吃过的少数几根都是邻居送来尝鲜的。那时候，邻居情谊重，一般都会互相交换着时鲜食品，而不像现在，虽然大家日子比以前都好过多了，但人情味倒是淡了很多。

　　快到过年的时候，生产队里就会清干鱼塘，把所有的渔获按人头数分到各家各户，因为我爸那时候在乐平搬运公司上班，生产队就把我家列为非农业户，所以，到过年时，我家里是不能分到鱼的。但为了过年时家里能有鱼吃，我和三哥会在第二天到生产队清理后的鱼塘里认真搜寻，去捡些被遗漏的小鱼。有一年，我们还捡到了一条较大的乌鱼和两条不大的甲鱼。虽然河水很冷，但一种能为家里做点事的成就感还是很温暖的！

　　小时候过年，总是特别的喜庆和热闹，平时的杀鸡、杀猪，一到年边，就得叫作"杀年鸡""杀年猪"，并且，不论鞭炮大小，一定是要放的。我家"杀年猪"的时候是有，但绝大部分猪肉都会卖掉，剩下的猪头、猪尾、猪血和不太受欢迎部位的猪肉便是我家过年的大餐了。因为那时候我家住的房子紧，根本就没有养鸡的地方，加之家里穷，所以过年就很少有年鸡可杀，但想起那时候隔壁人家鸡腿的鲜味，至今都会有口水从齿颊流出。

　　春节过年之中最最隆重的当然还是那顿年夜饭了。那时候都是在家里吃，不管是多少人都围坐一桌，如果实在坐不下，还会把两张八仙桌拼接在一起。吃年夜饭前，各种平时很难吃到的菜都在柴火锅里热炒、慢炖，我们热盼了一年的香味，早已急不可待地刺激着心中的想象，激发出的口水滋润着舌苔上的味蕾。

　　等菜品差不多上齐，最后亮相的是最为丰盛、丰富而且是最为鲜美的"年钵"，"年钵"是年夜饭里一道实实在在的"硬菜"，它不仅容量最大，而且用料最丰富，一般有鸡、猪肉、冬笋、香菇、豆腐泡等，那时候的菜闻着就香，更不要说吃了，也可以说是现代人无法再体味出的味道。

　　我记得小时候过年是最讲规矩和最论辈分的时候，特别是在"团年"时的年夜饭上，爸妈、哥嫂要按从上到下再左右两边的顺序坐好，但因为我在家排行最小，在我妈还在灶前忙碌的时候，我爸也会叫我跟他一起坐到朝南的上座，所以，尽管我平时总觉得在家里排行低，但想到过年时，能跟爸爸坐到上座，便也觉得十分幸福。

虽然我小的时候家里没有电视，也没有现在的"春晚"，但那时候不像现在不可以放鞭炮，除夕之夜简直就是激情迸发的海洋，一整夜，单是鞭炮声就此起彼伏，接连不断，你也分不清到底是"封门"还是"开门"的鞭炮，直震得你彻夜难眠。

小时候过年，特别是到了正月初一，大人们最看重的就是要多说些祝福的吉祥话，特别是小孩，谁说得多，谁说得好，便是最懂事、最聪明的。但也有小孩不懂事或平时随口乱说惯了的，一般家长起床后就一再叮嘱或干脆不让小孩子去别人家串门。不过小孩子说话毕竟是无心或无主观意识的，大人们一般也不会太认真地计较，所以，那时候，很多有小孩子的人家都会在墙上贴上用红纸写的"孩童之言，百无禁忌"的字条，算是一种包容和原谅了。

小时候过年，就意味着身上的新衣服、碗里的大块肉和兜里的压岁钱。新衣服也不是每年都有的，但大块肉在过年时再怎么样还是会有的，至于压岁钱，我只是一个真正的"载体"，因为姐姐、姐夫们要给我压岁钱，我知道爸爸、妈妈也要给他们的外孙和外孙女包压岁钱，虽然都说"儿时不知父母苦"，但我记得小时候的压岁钱我都是主动上交给爸妈保管的，当然，我上交的理由不会是让他们把压岁钱包回去，而是说留着给家里买米或给我读书买笔、买本子。现在想起来，我小的时候还是蛮懂事乖巧的。

我小的时候，一过了年，就真的会觉得自己一下长大不少、懂事不少，因为那时候没有什么单单属于自己的阳历或阴历生日的概念，只知道，大家一过了年，就都长大了一岁，并且，爸妈对我们说得最多的一句话就是：过年了，又长大一岁了，要越来越懂事哦！可以说，我们那一代人，都是在春节过年的仪式感和长辈们的教导中逐年成熟和长大的。

但 2020 年的鼠年春节似乎有点不一样，全国上下因一场新型冠状病毒的暴发，而使人们闭门不出，把本该属于春节的吉祥幸福幻化为虚无，并且持续时间之长、范围之广和程度之高前所未有。

年，就这样一年又一年地过，虽然是温柔了岁月，苍老了容颜，但也丰富了记忆。但愿将来，中国乃至世界人民今后的每一年都是幸福年！太平年！愿岁月无痕，时光静好！

（本文获《神州文艺》全国"年味"有奖征文优秀奖）

我童年时的端午记忆

　　端午节，又叫端阳节。童年时我根本就不知道这个节日还跟屈原跳江的传说有关，也不会想到端午节会在 2006 年 5 月被国务院列入首批国家级非物质文化遗产名录，更不会想到联合国教科文组织会于 2009 年 9 月正式批准将其列入《人类非物质文化遗产代表作名录》而使其成为中国首个入选世界非遗的节日。我只记得每逢端午节，我妈就会说："过得年好，上年好；过得端阳好，下年好。"由此可见，原先人们对未来生活的期待都在一两个重要节日的心愿当中。因为一年分为上半年和下半年，而一年之中，春节过年在每一个华人心中有着不可动摇的重要位置，而端午节应该也可以被认为是中国人心目中第二重要的节日吧。

　　因为春节过年是在寒假里，那时候也根本就没有黄金周和小长假的概念，就连双休日都还没实行。我童年时的端午节，我记得是除了暑假和寒假外，放假时间最长的一个节日，每逢端午节，学校里一般都是最少三天、最长可达五天的长假。因为小时候读书还不太懂事，整天巴不得放假，因为一放假，就可以轻松地玩耍而不用读书，单凭端午节放假时间长这一点，至今都可以想象，当时学生是多么热切地期盼这个节日。

　　我小的时候，国家经济还不发达，各家各户都比较穷，平时吃穿都很紧张，所以，一说起我童年时的端午节，我记忆最深的还是在这个节日有很多平日里很难吃到的花样食品。虽然品种不一定比过年的时候多，但一定比过中秋节时候的多，除了必不可少的各种风味独特的粽子外，还有各种蔬菜馅的包子、饺子和鸡蛋、鸭蛋等。当然，也有少数家庭经济条件好一点的会做肉馅的包子，鸡蛋和鸭蛋以咸味的居多，而且还常常是咸得出奇。我想这其中不外乎两个原因：一是端午节的时候天气都很热，少放了盐，食品就容易变质、变馊；二是各家普遍经济紧张，市场食品供应短缺，如果多放盐，小孩子就不会或无法多吃。饺子，在我的家乡乐平是风味比较独特而久负盛名的，乐平人在过端午节的时候，光饺子就有四五种之多，做得最多的一种是用田间采来的"水菊花"熬成的汤汁跟面粉调和，再手工包成半月形的碧绿色的饺子，真的是色香味俱全。还有一种就是乐平最独特的"挞饺子"，"挞饺子"就是先把磨好的米浆均匀地平铺到买来的一片一片的桐树叶上，然后，在每片的米浆中间铺上用西葫芦或韭菜豆干拌成的馅，再把铺好米浆和菜馅的叶片沿中线对半合拢，最后一起放在蒸笼里隔着开水大火快速蒸熟，出笼后，晶莹透明，米香、菜香，夹着桐树叶特殊的清香，让人垂涎欲滴，久有余香，回味无穷。

虽说鸡蛋和鸭蛋都太咸，我们小时候还是舍不得轻易地去吃。端午节，我姐姐还会用平时头绳省下来的毛线编织成一个鸡蛋大小的小网兜，然后把煮熟的一个咸蛋放在小网兜里，再用一根颜色鲜艳的毛线把装有咸蛋的小网兜挂在我的脖子上。那时候，能把装有咸蛋的小网兜挂在脖子上，心情不亚于现在运动员挂奖牌了！还记得有一年端午节，我脖子上挂着装有咸蛋的小网兜在外面炫耀奔跑着，不小心被一块石头绊倒而朝前摔了一跤，把小网兜里的咸蛋给压得破碎了，我哭得特别的伤心，我妈还以为我是因为手脚摔破了皮而哭，当听到我说是因为咸蛋压破了就不能吃了而哭时，又气又笑，忍俊不禁。

说起童年时的端午节，记忆最深刻的当然是划龙舟了。在端午节的前一两天，就有几艘龙舟在家乡的乐安河上试水热身了，到了端午节那天，整个乐平城里万人空巷，河面上的龙舟也明显多了很多，一艘艘龙舟像离弦的箭，百舸争流，河的两岸人山人海，岸边的堤坝上、树荫下站满了观看的人，龙舟上的锣鼓声、吆喝声和岸上人们的喝彩声此起彼伏，场面空前的热闹。但那时候因为组织不得法，而划船比赛肯定会有输赢，特别是输了的一方由于不服而斗气，每年总有一些打架斗殴的不愉快事情发生，为此，政府就制定了禁止赛龙舟的法规，很多村的龙舟被刀砍斧劈后进行了烧毁。在我的家乡乐平持续了多年的端午节划龙船的习俗就这样中断了，这成为我们那一代人遗憾的记忆。

每逢端午节，那时候，我家乡的村里还会连续做四五天的古装戏。看古装戏，一般都是中老年人的最爱，我那时候还很小，根本就看不懂，但我可以帮忙搬着长板凳去戏台下占位置，并耐心地陪着来家里做客的姨妈把戏看完。童年时的端午节几乎都是如此，加上我妈妈和姨妈一起边看边跟我解释剧情，也让我逐渐能看懂一些如《彩楼配》《寿阳关》《回龙阁》《二度梅》等戏剧了。

不过，我记得小时候的端午节是一个非常伤人而且伤神的节日，因为那时候，家家户户平日里都没有太多好吃的，一遇节日，才可以大快朵颐。因为端午节正是天气酷热的时候，有些食物就很容易变馊，但又都舍不得倒掉，更不要说为纪念屈原而拿去丢到河里了。加之那时候很多人家连暖水瓶都没有，我小时候就很少喝开水，如果渴了，一般都是直接去喝挑来的水缸里存放了好多天的井水。可能就是在端午节吃得太多一时很难消化，加上难免会吃上馊坏变质了的食物，并喝了不干净的冷水，加之当时的医疗条件也很差，我记得读小学时，常有为数不少的同学因为上吐下泻而不能如期来上学。想起现在的生活，我们应该感到十分幸福了！

我记得我小时候的端午节还有一个习俗，那就是新婚的姐夫在端午节时，会给丈母娘家还在读书的小姨子和小舅子送学习的文具，如笔记本和钢笔，还有纸折扇等。1976年年初，我三姐刚出嫁，到了端午节的时候，我三姐夫就给还在读书的我和三哥各买来一本笔记本、一支钢笔和一把纸折扇，我当时还不舍得拿出来用，直到过了很久才拿出来工工整整地写字。这个习俗好像延续了不久，现在也早就没有了，我也不记得具体是什么时候没有的。现在想起来，我觉得丢弃了这个习俗有点可惜。

如今，随着人民群众物质生活和文化水平的日益提高，现在家乡端午节划龙舟比赛的习俗又逐渐兴盛起来了，并且，由于政府部门加大了执法监管力度，也没有再出现类似为输赢而械斗的不文明、不和谐事件，比起童年时的端午节，现在确实是要丰富、进步和幸福快乐很多，这要感谢我们伟大的党和强大的祖国，让我们每一个老百姓都能幸福地生活在新时代的温暖怀抱里！

我童年时的中秋记忆

现代人一说起中秋，可能都会因为月圆中秋和中秋圆月而自然而然地想起这是个阖家团圆的节日。"明月几时有？把酒问青天。"北宋大文学家苏轼的千古名篇《水调歌头·明月几时有》因为把中秋感怀写到了极致而被传诵了千年。而我童年时对中秋的记忆，至今想起却是别有一番情趣和滋味在心头。

其实，要说中秋节和春节、端午节、清明节被列为中国民间的四大传统节日，是到了我长大参加工作以后才知道的事。这并不能说明我年少无知和孤陋寡闻，因为至少我记得，中秋节既没有春节那么隆重，也没有端午节放假时间长和节日食品丰盛，甚至还强不过清明节时的庄重感和仪式感，加之，每年农历的中秋节和阳历的国庆节总是挨得很近甚至重合，有时候被国庆节的节日气氛掩盖或冲淡而有被忽略的感觉，所以，我童年时对中秋的记忆，相对于其他三个传统节日来说，印象倒真的要淡一些。

我的童年时期，因为各家各户经济条件都是普遍性的差，所以，我们从小都是在对过节的期盼中长大的，因为一到过节的时候，吃的东西会比平时要丰盛一些。每年中秋节的时候，月饼当然是必不可少的，我记得那时候的月饼都是没有像现在这样的豪华包装的，连保质期都没有，更别说什么商标了，稍微好一点点的也就只是一张牛皮纸包着，在包装外的最上层贴一张红纸，有时候会有一个红印，但多数由于月饼的油渗透出来而根本看不出红印里写的是什么。

我对中秋节记忆最深刻的好像是在我五六岁的时候，我人生中第一次知道有"苹果"这种水果，以前从没见过。我首先是觉得它闻着特别香，所以，我那时候认识苹果就是从偷偷地闻一下开始的。还记得那时，我的大姐、二姐都已经出嫁了，也就是在中秋节的时候，大姐夫和二姐夫都会送来月饼等节日礼品。我记得有一年中秋节的时候，二姐和二姐夫提前来给爸妈送礼品，其中有苹果，只有三至四个。虽然不像现在，一买就好多个，并且一买来就可以立刻吃的，但在我小时候已经算不错了。为防止被可恶的老鼠偷吃，我妈会把苹果用蓝边碗装着，放在菜橱的上层，那时候家里的菜橱是没有纱窗设计的，两块对开的木门，虽然不用门锁，但一关上，就看不到里面放了什么，也闻不到菜橱里的味道。有一次，我看见妈妈把苹果放菜橱里了，第二天上午，我知道我妈下河洗衣服去了，于是，就搬来一张高一点的长板凳，我把长板凳紧挨在菜橱边，然后就爬了上去，打开了橱门，轻轻地拿起其中一个，放在鼻孔边深深地闻了又闻，那种从未有过的清甜香味沁人心脾，让我久久舍不得放下，我真想狠狠地咬一口，哪怕是一口。但我知道我是绝对不能想吃就吃的，我知道妈妈是要等到中秋节那天，家里人全部到齐后才可以吃的，于是，就又依依不舍地把苹果放回了原处，然后，装着什么都没发生过的样子告诉妈妈：苹果，我没动。

我小时候过的中秋节，虽然有大姐夫和二姐夫买的月饼等礼品来给爸妈送节，但这些礼品并不都是自家人可以完全享用的。因为我在家排行最小，小时候嘴巴子甜，爱叫人，所以，我妈总喜欢拿出一包月饼、红糖等，带着我给一个我叫外婆的长辈送去（之所以这样说，是因为我从没见过自己的亲外婆，也没听说过我的外婆有什么亲姐妹，反正，我妈让我这么叫，我也就这么一直叫着，也从未问过这其中的渊源和来由）。可能是印证了"气候变暖"的理论，我记得我童年时的中秋比现在要冷很多，即使是在中秋节前一个月的农历七月半的时候，我们那时候要再下河洗澡，就会"过了七月半，洗澡上不了岸"。不像现在，到了秋天，还有"秋老虎"的说法。到了中秋节，特别是晚上，我跟在我妈的后面，在从外婆家回来的路上走着，天气真的总是"夜吟应觉月光寒"的。中秋节，等到一家人都吃过了晚饭，也就是家人差不多都在的时候，我知道会有月饼或苹果吃了。若是平时，我一般是吃了晚饭就会溜出去玩的，但每逢传统节日的晚上是绝不能这样的，生怕会错过有好东西吃的机会。不是我们嘴馋，对小孩子来说，如果没赶上而被遗漏或被背着吃东西是一件非常令人伤心的事情。由于家里人口多，水果是不可能做到一人一个的。所以，即使是一个苹果，还会被切了又切，最后被切成桔瓣似的，每人都只能很自觉地取其中的一片。我记得看到过当代人有在汗衫上写着"你吃苹果我吃皮"的字句，当时看来就觉得文化衫是有点调侃的味道，但我小时候，苹果皮绝对是舍不得丢而是要被吃掉的，苹果果肉也先是舔着吃，而舍不得很快或大口大口吃完的。

第一次吃苹果的时候，我还会把苹果种子收集留着并把它们种在墙角边的空地里，以后每天都去给它们浇水、施肥，有一天夜里，我还梦见苹果树真的不仅生根发芽了，而且还开花结果了，以至于自己还从梦中笑醒了。多年以后，读的书多了，我才慢慢懂得，小时候的梦毕竟就是梦，而这个梦也是永远不可能实现的。因为地理纬度和气温、湿度等气候因素，像苹果这一类的水果，在我所处的南方家乡是不适宜生长的。

吃月饼的时候也是这样，一块月饼至少会被切成 8 份或 16 份的扇形小块，等拿到属于自己的一份月饼时，我就会飞快地跑到家门口的晒场上，就好像是早就约好了的一样，那里早已经有多个玩伴在等着了。他们和我一样，手里都拿着几乎是一样大小的扇形月饼，他们有的说："看！我的要大一点。"有的说："你闻一下！我的月饼是有芝麻的。"其实，我们那时候，大家都知道，中秋节晚上拿着月饼出来并不是比谁家的月饼大或比谁家的月饼香的，而是要一起来"馋月亮"的。说是"馋月亮"，就是我们小朋友一起，拿着月饼，对着又圆又亮的月亮说："月亮！月亮！我们都有月饼吃，你也想吃吗？"然后，我们就一起对着月亮舔着月饼，好像真的是可以惹得月亮流口水的样子，心里甜蜜极了！

记得小时候因为家里穷，我们吃东西也从不会因为你吃得快或没吃饱而还可以得到添加或补充。因为平时不可能吃得到，在过节的时候，我便会吃了还想要，我妈就说"少吃多知味"！于是，我就会悻悻地说："我不想吃了！那东西一点都不好吃！"所以，我们总是会细细慢慢地吃，有时还会刻意留着第二天吃，因为当别人都已经没有了的时候，那会令人眼馋和羡慕的。我们小时候吃东西说真的，是实实在在地享受着过程的，而且这个过程的时间是越长越好的。但也有意想不到的事发生，那就是因为把没吃完的东西，特别是甜食，放在口袋里过夜，而惹得老鼠来偷咬，甚至还会把衣裤的口袋都咬出一个或几个大洞，我也因此总被责骂而沮丧、懊恼和后悔不迭。

尽管食品每次都不够分，我妈还要准备用于招待来客的，因此总是喜欢把一部分食品留下藏起来。那时候还不知道"冰箱"是啥玩意，所以，有时候时间一长，食品就会长出菌丝毫毛而变坏、变质。但我妈是绝对不会随意扔掉的，她要么会拿到太阳底下去曝晒，要么放到锅里去蒸煮。水果有时候都已经开始腐烂了，我妈就只是最低程度地把烂的部分一点点挖去，然后切开，再重新分给我们，也是一人一份，从不偏失。而现在这也不能吃，那也不能吃，比如，过了期的食品、腐烂的水果、发了芽的土豆、红了芯且有酒味的甘蔗，还有散发着樟树籽气味的红薯，以及没炒熟的四季豆等。想起小时候，这些东西我们哪样没吃过。现在有时候都觉得自己生命力强大，从小练就了一个百毒不侵的"不败金身"，而且还能这样长久地健康地活着，这是一件多么值得高兴的事啊！

如今，我也已长大，也有了自己的家，可是，我的爸妈却已去了属于他们的天堂，于我是人已天涯，心也天涯！每当中秋佳节，本该是阖家团圆的日子，仰望着当空高挂的一轮明月，一想起我已逝去的爸妈，便不禁又一次黯然神伤，为自己年幼时的懵懂愚顽，也为年轻时的处事不周，抑或是为自己对爸妈的种种歉疚和深深遗憾······

但愿今后每一年、每一次的月圆，都能圆了我和我的家人，以及人们对自己至亲心底的挂牵和思念！

（本文获《神州文艺》全国"中秋月家国情"有奖征文三等奖）

我儿时记忆里的露天电影

露天电影？什么是露天电影？电影怎么会露天放映？所有这些疑问，对于出生在 1990 年以后的年轻人而言恐怕都是难以想得明白的，但对于我们 20 世纪五六十年代的人来说，在心底都留下了深深的记忆。

我至今都还记得我小的时候，各家各户连黑白电视机都还没有，平日里的电都是定时关送，每家每户都只能点 15 瓦的灯泡，而且最多两盏，电费是每盏每晚 1 分钱，相对于现在而言，电价已不是一般的便宜了，但那时候各家各户的经济条件都是一样的异常窘迫。有的人家连电费都交不起而只能勉强点一盏灯，我家就是这样。如果当时有谁家偷偷换上了瓦数大一点点的灯泡，也是很容易被人发现的，要是被村里管电的"电老虎"发现，那肯定是要被狠狠地处罚的，好在那时候的人都老实，也极少有这样的事发生。所以，我们小时候很少有什么文娱活动，特别是到了晚上，一般都是早早地上床睡觉的。

记得我五六岁的时候才第一次看到电影这种新奇的事物，当然就是露天看的，那时候我就觉得非常的神奇，而且怎么也想不明白，人为什么在银幕上不仅能动，而且还会说话。因为那时候我还没有开始启蒙读书，所以，连电影里面人物说的普通话都听不懂。尽管听不懂，但因为那时候老百姓的文化生活确实是匮乏得出奇，因此，一听说哪里有电影看，不管是附近的村庄，还是十多里山路的厂矿，我们都会成群结队地去看，而且还一个个都乐此不疲。我记得在我读初中的时候，不要说附近，就是较远的几个厂矿放电影，我几乎都是一场不落地去看了的。

村里要放电影，虽然只是放电影的人提前在古戏台上挂出银幕而没有海报，但大家依然兴奋得奔走相告，消息就像是长了翅膀一样，传播得比什么都快。大家从没问过电影好不好看，最先想到的就是搬高凳子到戏台下去占位置，至于是放什么电影都不重要了。而且也只有看了以后才会确切地知道电影的名字，一般电影名跟多数人以讹传讹的会差去甚远，因为传的人，不是说错了电影名中的字，就是说错了电影名中字的音。而所有这些，都丝毫不会影响到人们对电影的热爱和衷情。

我小的时候，只要一听说村里晚上放电影，便会跑到河边或地里找到妈妈并催促她早点回家弄晚饭。多数时间是妈妈根本不可能停下手中的活而提前回家弄晚饭给我们吃，所以，我经常是没吃晚饭都要先去看电影的。

我小时候个子很小，有一次，我记得放的电影是木偶剧儿童片《小八路》，特别喜欢看，但站近了，总是会被别人挡着，站远了，又听不见声音。我只好跟着别人爬到戏台后面从银幕的背面去看，可能是白天玩得太累了或者是从银幕的背面去看而看得没味，我居然在离地面很高的古戏台边上睡熟了，直睡到看电影的人全都散场回家去了我都没醒。后来应该是爸妈到了好晚才发现我没回家，才叫哥哥们打着手电筒去找我，那晚我是在大哥手电筒的照耀下才大梦初醒跟着回家的，至今想起，还有点心有余悸。

记得那时候看电影，每次看到惊险处，最可恼的就是换轳辘片了，觉得等待的时间特别的漫长。每当这时，总有人会大声嚷嚷、叫骂，也会有人在幻灯边做着各种各样的手影造型，有时也会惹得大家哄堂大笑。因为是露天看，所以最怕的还是老天突然变脸，遇到小雨还好，大家依然坚持挺着，如果不幸遇到大雨，大家也都舍不得离去，实在没法坚持了，大家才哀叹着依依不舍地收场。

那时候会放电影的人应该是特别吃得开的，至少知名度是很高的，因为只要放电影的人一到村里，连我们这些小朋友都认识这些人。而且听说每次放电影结束，村里都要安排人员煮夜宵给放电影的人吃。这里面还有一个真实的笑话，说是相邻有一个村，一晚放的电影是《南征北战》，村干部跟炊事员说，今天晚上人多，夜宵要多煮点，这个炊事员也不知道今晚到底有多少人吃夜宵，为了稳妥起见，他就跑到露天剧场去看了几分钟，当时电影里正放着大部队压境的镜头，他说："哇！今天晚上当真是人多。"于是，他回到村里食堂，连挑了好几担水，煮了一大锅稀饭。等到电影放完散场，看到只有三个放电影的人来吃夜宵，他还问："还有其他的人呢？我刚才都看到了有好多人的。"经放电影的人一问，大家才恍然大悟而会心一笑，这一度传为了笑谈。

到了后来，各家的经济条件有所好转，便有少数几家在办大喜事的时候，会私人约请放映队来村里放电影给大家看，一时让众人艳羡不已。

每次放电影，最开心的应该还算是那些叫卖冰棍的小摊小贩了，放电影的声音有多大，他们的叫卖声就有多大，他们似乎也从不顾忌是否会影响到大家看电影，因为他们深深知道，少数这么几次放电影的机会，是他们不容错过的生财的绝好时机。

现在人们都认为，看电影是年轻人谈恋爱的首选方式，也不知道天底下到底有多少姻缘是因为两张电影票而成就了的。我小时候的露天电影，既没有电影票，也没有相对安静封闭的座位，况且我也成熟得过晚，这里面的姻缘故事我也就不得而知了。

我记得那时候可看的影片不多，很多电影都是反复在看，像《渡江侦察记》《平原游击队》《地道战》《地雷战》《卖花姑娘》《野火春风斗古城》《庐山恋》《黑三角》《神秘的大佛》《人证》《桥》等电影，我就看了多遍，并且剧中很多演员一出场，我就认识并记得，甚至连很多经典台词我都能背诵得出来。

想起自己读初中时，读书一点都不知道用功，只要听说哪里有电影看，不怕路多，走路都要赶去。后来到城里读高中了，似乎是渐渐懂事了，当时学校门口就有电影院，有的同学上课时都会偷偷地跑去看电影，尽管我对电影还是一样的喜欢，但我从来都没有偷偷地跑去看过一场。

随着生活水平的改善和提高，现在老百姓的生活条件都好了，很多人的家里都有了家庭影院，不出家门，即便是躺在家里松软的床上或沙发上，都可以点播到自己心仪的电影，而且还有很多电影分类可选。这些都是以前很难想象的事，但大多数人因为有了太多的休闲方式而很少有人去看电影了。我现在依然喜欢看电影，有时，一个人也会静静地去看一场电影，虽然音响和环境要好过原先露天电影很多倍不止，但露天电影，在我的心底，还是一生挥之不去的美好记忆！

我儿时记忆里的故乡老屋

我不知道人是不是年龄越大便越喜欢回想一些陈年旧事，我就是这样，随着年龄的增长，特别容易回想起那幢故乡的老屋。而当终于有一天，我二哥从老家打电话来跟我说，村里叫来了一台挖掘机，把我们很多家曾经共住的老屋作为"空心房"推倒了。我当时就心里一怔，感觉到非常的痛惜和失落，那种感觉就像是一座圣塔在我的心底轰然倒下。故乡的老屋，对我而言，从此就只剩下回忆和一段深埋心底的念想了！

我无法考证故乡的老屋到底是建成于什么朝代的，但是关于我家是什么时候跟这十多户的邻居一起住进去的，后来听我爸说起过，这房子原来是一个地主老爷家的老宅，是大队落实土改政策分配给我们这些家庭成分是雇农和贫农的人家住的。

我一直记得很清楚，故乡的祖屋是一幢特别大、特别老的房子，可以说是一幢值得作为文物保护起来的房子，房子很大，有前厅、厢房和正房共18间，最多的时候可以容纳10多户的人家50多人合住。

那时候的隔壁邻居可谓真正意义上的"隔壁"，因为每家都是板壁相连，两三家之间真的就是"互相只隔着一块木板墙壁"而已，小时候的晚上，我可以躺在自家的床上和隔壁几家躺在床上的同学舒心地开着"卧谈会"。

原先，我也见过村里还有其他几幢比较老的房子，有三四幢略微大一点的。老屋一般只有一个天井，而我家住的老房子有三个天井，中间一个大天井，两边还各有一个小天井，大天井中间的石板都是一整块的。整座房屋是左右对称的结构，门窗横梁都有木雕，原先正堂中间还有一块四个行楷体大字的匾额，虽然我见过，但因为小时候不认识字，所以也就不记得题的是什么字了。很可惜，那块匾额掉下来以后，也没有再去钉回原来的位置，而是被一户人家劈开后当作柴火烧了，甚是可惜。

故乡的老屋很是威严、气派，有一个前大门、前左右两个侧门和东西两个耳门，共五个互通的门洞可供进出。柱子全是又大又粗又直的银杏树做成的，板壁全是清一色的大杉木，而且少有拼接，太阳一照，还油光发亮，古色古香。每家的一两间正房上一般都还有阁楼，因为我家人口多，于是，我爸就把原先的一个猪栏改成了可供人居住的房间，但后来住得还是很紧，所以，我还在猪栏改成的房顶的阁楼上住过，阁楼上的层高很低，我小时候个矮，又喜欢图新鲜，但我哥他们不行，如果他们站在床上要穿起一条裤子都会直不起腰的。

那时候，虽然大家的住房都很紧张，而且各家之间也没有明显的范围界限，但都能和谐共处，根本就没有什么强行多占的想法和行为，有些公共过道或走廊，不管是谁家多存放点杂物，也都能相安无事而从不计较。各家置办的农具也都摆在一个大家都可以看得见的地方，在用的时候，几乎是共用的。平日里要下地劳动或出门，各家各户的房门都是拿根绳子绑一下而不上锁的，因为分配给我家的房子，没有一间房门可以直接通到外面的大路上。而住了那么多年，我的家人一直都是从隔壁的厨房里或其他人家的堂前进出走过，不论是半夜回家还是赶早出门，也从没有出不了门和回不了家的情况发生，真正达到了那种"路不拾遗，夜不闭户"的理想状态。

自我从学校毕业参加工作以后，我便开始了从故乡到异乡的摆渡式的历程，尽管那时候我们家已从故乡的老屋里搬出另住，但每次休假回家，我都会从异乡不辞辛苦地回到故乡的老屋里去看看，站在老屋的中央，我仿佛看到了自己童年的影子在穿堂而过，我似乎还能听到自己童年伙伴的呼朋引伴的笑声在耳边回响，故乡的老屋有我太多的童年回忆，那里曾经是我魂牵梦绕的精神家园。

后来，原先的住户大都陆续搬出去了，最后只剩下老屋孤独地在风雨中飘摇，没人能听懂和在意它的呻吟和叹息了。我也曾想过，跟原先的邻居商量一下，把老屋一起有偿转让给我而把它很好地保留下来，但一直未能如愿，这在我的心底，总会泛起一阵阵莫名的痛！

随着各家人口的逐渐增多和社会经济的发展，现在，虽然原先的邻居们都已各自建房安家，但曾经在一幢老屋里住过的隔壁邻居一见面，说起原先在老屋里一起住过的美好时光和点滴往事，都还是那么的亲切和心驰神往！

故乡的老屋，就像是当年电影《七十二家房客》里叙述的那样，记录着世间的悲欢离合，见证着人间的世态炎凉。故乡的老屋，我曾经的梦想天堂；故乡的老屋，我日思夜想却又回不去的远方！

（本文登载于 2021 年 11 月 11 日《神州文艺》"签约作家"栏目）

我儿时记忆里的垂钓逸趣

　　眼下，每天傍晚时分，我早已养成了跟多数都市生活人一样坚持健步的习惯，夕阳西下，微风习习，信步走在余晖映照下的沿河岸边，一边欣赏着红花绿草交相掩映的自然美景，一边尽情享受着有氧运动带来的神清气爽！

　　随着国家对江河环境的重视和人们对自然保护意识的增强，现在，河水清了，树草绿了，人居环境也变得更美了。特别是春末和秋初时节，河岸杨柳依依，江面波光粼粼，抬眼望去，常见有端坐于岸边的"姜太公"。他们时而满心欢喜地提竿换饵，时而全神贯注地屏气静候，每当此时，我都会情不自禁地倚靠在岸边的大理石护栏上静静地观望，多数时间从内心里佩服垂钓者的耐心，有时还能分享到垂钓者渔获的开心和喜悦。此时，可能会有人说，你这是"坐观垂钓者，徒有羡鱼情"啊！也有人可能会说，你"与其临渊羡鱼，不如退而结网"啊！实际上，说起这些话来，倒也真的勾起我儿时记忆里的垂钓逸趣来了。

　　我从小就生活在乐安河边上的农村家庭，可以说是河边出生，河里长大，也许是"近山识鸟音，靠水知鱼性"吧，我记得小时候就特别喜欢去河边钓鱼。从我有记忆的时候起，就记得我的三哥是个钓鱼的高手，最开始我只是跟在他的后面帮忙提提篓子和递递鱼饵，在我稍大一点的时候，三哥也要去学校读书了，我就开始偷偷地学着去独自垂钓了。

　　那时候，我还没有学会游泳，所以不敢去离家有点远的乐安河里钓，因为买不起鱼线和鱼钩，刚开始时，我只能用妈妈给我们缝补衣服用的细线直接绑上饭粒在离家很近的水塘里钓。夏日中午最热时分，我蹲在河边妈妈经常洗衣服的大石板上，用自己在家里竹扫帚上偷偷扯出来的稍粗一点的枝条支着细线，钓一种用我家乡话叫作"麻骨楞"的鱼。这种鱼全身麻刺刺的，嘴巴比鱼身子还大，又特别贪食，所以就特别好钓。虽然大的不到一寸，小的更是跟用作饵料的饭粒差不多，但是不用一两小时，就能钓到大半碗的鱼。虽然鱼的尾数很多，但它内脏少，容易清洗，且少刺，煎煮时，再佐以青椒、蒜头、姜末和食盐，便是上等的美味佳肴了！

　　随着渐渐长大，我对钓鱼的喜爱和技艺也日有所长，那时候因为家里穷，根本买不起渔具，所有的渔具都是自己亲自动手制作，比如，鱼竿就是自己到山上去砍那种细长的竹子，遇到不直的节枝部位，就用煤油灯烧烫一下，再在板凳上逆向平直即可；鱼漂则是用鸡或鸭翅膀上羽毛的中芯部分，少数时间还会用麦秆代替；锡坠则是把旧牙膏瓶的底部剪下一圈，缠在离鱼钩约两寸的上面。尽管舍不得钱，但鱼线和鱼钩一般还是要买的，鱼饵则是蚯蚓、蛆虫和苍蝇等。那时候，河里的鱼又大又多，但钓鱼的人却很少，可能是因为大家都很忙吧。见我每次钓了很多的鱼回家，妈妈还总是责骂我，说："钓这么多鱼回家干什么？这些鱼不要油煎能吃得下去吗？"我才知道，原来家里平时连炒菜用的菜油都很少，而煎鱼，那是很费油。所以，我以后再钓到很多鱼的时候就拿去卖掉，不过像那种餐条鱼，当时也只能以 7 分钱一斤的价格卖掉，卖鱼得钱后，便只会买点食盐回家供家常日用。

还记得那时候，钓鱼最不开心的是无意中钓到了甲鱼，因为甲鱼会把鱼钩吞下去好深而根本无法顺利取出，再说，鱼钩可是得用钱去买的，如果取不出，当天的钓鱼活动就无法继续了。每当这时，我只能很气愤地把鱼竿连着鱼线在空中做离心式狂甩，希望能把钓到的甲鱼甩掉而保全鱼钩，实在甩不掉，就只能悻悻地把它提回家，然后清蒸着吃。每当这时，我妈妈还会说："这甲鱼尽是壳，没有肉的。"这在以前真的是事实，而对于现在的人而言，这又会是一个多么大的笑话。

现在钓鱼人的装备都已经是非常精良的了，比我小时候的渔具不知道要好上多少倍，光鱼竿就有抛竿和甩竿，而且都是便于携带的伸缩竿，鱼漂有直立漂、星点漂、夜钓还有夜光漂等，饵料更是五花八门，还有仿真鱼的路亚，如果再加上其他的抄网、鱼护、遮阳伞等，全套购置下来，斥资一般都要在千元以上。现如今，更有买豪华游艇出海去海钓的，他们与我小时候的钓鱼完全是不一样的感觉。多数人可能会认为，现代人钓鱼是不计成本的，因为你即便有再多的渔获，也是"入不敷出"的。而多数人肯定不知道的是，现在人钓的是寂寞，他们享受的是整个钓鱼的过程，而不一定要有多么大的目标和结果，在他们的心里，他们钓的才是真正的生活。

尽管现在钓鱼的人多了，但河里的鱼少了，我小时候提竿一般都有鱼，而现代人钓鱼时是频频提竿却少有渔获，但他们依然日复一日乐此不疲。在他们的心中，似乎钓不到是意料之中的事，而万一钓到了，那才是很大的意外惊喜。

总之，钓鱼的结果并不重要，能够享受到钓鱼的过程才是最开心的。现在我也依然喜欢钓鱼，也购置和拥有了不少的渔具，但不管现在钓鱼的装备有多精良，我却始终觉得再也无法钓出儿时的那种发自内心的惊喜。

（本文登载于 2021 年 12 月 16 日《金融作协》）

母亲的老古话

我的母亲今年已有83岁高龄了，现如今，虽然满堂的儿孙不能说个个是贤孝之辈，但也总算能够让她在大家庭和谐的氛围中较为舒心地颐养天年。尽管岁月的沧桑已无情地写满她的额头，年轻时家庭生活的重担也压弯了她的腰身而变得不再挺拔，满口的糯米玉牙竟也无一例外地能做到坚挺履责，满头的银丝白发也纯得无一根另类杂色，但依旧是耳不聋，眼不花，说话声音洪亮，身体也算得上是硬朗、矍铄。

我妈虽然斗大的字不识一箩，但我妈的记忆力特好，她常用她从祖辈及日常生活中积累下来的老古话来教育我们，让儿女子孙们在工作、生活中体验，我感觉是特别受益匪浅。

还记得在我刚启蒙读书时，我妈就对我开导说，万般皆下品，唯有读书高。见我似懂非懂的样子，我妈就解释说，不管其他的怎么样，反正读书是一条路子。所以从启蒙读书的那天起，关于读书有多么重要我便铭记在心。

当我在读书遇到难题而产生退缩和畏难情绪时，我妈就常对我说，吃得苦中苦，方为人上人。当我情绪低落而心灰意冷时，她常鼓励我说，世上无难事，只怕有心人。当我不求上进而丧失斗志时，她又对我说，人争一口气，佛争一炷香。让我时常能重新振作精神并鼓起战胜困难的勇气！

我妈也常警示我们可以死读书，但不能读死书，用一句现代时髦的话总结来说，就是要注重书本知识与社会实践的有机结合，她常说，深山涧里读书，不如十字街上听讲！让我基本上能把自己学到的知识融会贯通而活学活用。

参加工作以后，我妈又常鼓励我在生活上要做到严格的自立、自强，她常对我们说的那句老古话就是：好儿不要爷田地，好女不要娘嫁衣。这使她的后辈们在工作、生活和经济上从没有什么"等、靠、要"的依赖思想。

在交朋结友和为人处世上，她常对我们说，金钱如粪土，情义值千金！意思是要懂得朋友间的情义比金钱更为珍贵。她想到我们在实际交往中有可能会以貌取人或以暂时的穷富贵贱取人，就说，人不可貌相，海水不可斗量。意思是提醒我们在结交朋友时更要注重一个人的品质标准和利好远景。她想到我们在对待朋友时有可能会不以诚相待而经不起时间的考验，她常说，人要经得旧，衣要一番新。让我在结交朋友时，一般都做到了深交而不泛交。她担心我们在对待朋友时有可能会做出一些不道义或伤害感情的事，就说，害人心思不可有，活命心思不可无。也让我在实际工作中，养成了一种"帮得了别人一定帮人，帮不了别人一定不能害人"的处世习惯。

而在实际工作和日常生活中，我有时也会为对朋友过于真诚而被"朋友"不当利用而懊悔，我妈就常劝导我说，为人但说三分话，不可全抛一片心。对此一类的老古话，虽然我也不能表现出完全的不听，但从心底还是不敢全部认同的，这让我对祖辈们要求子孙后代们"听话"这一古训在是非判断和价值取向上多了一种辨别能力。

我妈说过的老古话还有很多，当我在人生的道路上犹豫、彷徨的时候，我总会想起我妈说过的一些老古话，让我在日常工作、学习、生活各项事务的处理中，能从容地明断、抉择和取舍。

我也慢慢知晓我妈常说的这些老古话都是来自一些民间俗语和《增广贤文》中的语句，虽然没有一句是她的主力创新，但其用法之精准而产生的功效之奇妙，让我不得不打心眼里佩服。所以，我还是要从心底由衷地说一句：母亲的老古话，道理虽然浅显，但意味绝对悠长！

（本文刊登于 2010 年 6 月 5 日《瓷都晚报》第 14 版）

清明祭祀随想

似乎在我的印象当中，每年的清明节这一天，绝大多数天气都是阴雨绵绵，阴霾笼罩的，都好像是中了杜牧在《清明》中写的"清明时节雨纷纷"的魔咒一样。

2010 年的清明节好像是个例外，虽然一大早起来，天还是蒙蒙亮，四周依然是灰蒙蒙的一片，似乎一点都看不出有多少要转晴的迹象，但到了上午 9 点左右的时候，老天还真的就放晴了。

每年的清明节，不管有多长、多远的路程，很多人都会有回乡祭祖的习俗，也许是为了寄托一种哀思吧，抑或是想在亡灵和世人面前寻求一种内心的安慰、平衡和满足吧。每个人的思维方式及结果都是各不相同的，在亡灵面前，每个人所寄予的想法和目的都是不一而足、不得而知的。

我认为自己算是一个无神论者。有句老古话说：人死如灯灭。灯灭了都不能自己复燃，人死后也不可能会有再生。我很多年以来，大多数是因为天气、路程或借口工作太忙等，并没有做到一次不落地回乡祭扫。我想，如果我的已故亡亲真的在天有灵，他们也会给予我充分的宽容和理解的。

记得清明节的前几天，我的二姐和我表哥就打电话给我，约我清明节那天一起开车到我姨父、姨妈的坟地去祭扫。一搁下电话，我不知怎的，内心的一种歉疚感便油然而生。因为如果不细想一下，我真的都想不起我姨父、姨妈已离去多久，而我又有多少年没在我姨父、姨妈的坟前跪拜过了。我知道，我表哥倒不是想我一定要去他父母坟前祭告什么，而是我自从墓地因堤坝的修筑而不得不从初葬地迁到了一个离城区很远且交通不便的山地后，还从未前去祭拜过。

到了清明节那天，我开车到了表哥他们约定等候的地点。我一看，今天要一同去祭扫的人还真不少，就连我 83 岁高龄的老妈听说我要开车去，也执意一同前往，而表哥和姐姐们都对我妈说："有好多路的，还要爬山，你老人家就不要去了！"我说："今天天气好，让妈一起去吧！就当是春游踏青吧！"我妈听我这么一说，浅浅地一笑，得意地轻声说道："我晓得我老四儿子会让我去的！"

两辆车一前一后地在蜿蜒的乡村小道上行驶。一路上，我妈、表哥和二姐一直说着我读高中时住在姨父、姨妈家的一些往事。是啊！想起我在姨父、姨妈家住读时的情景，真的仿佛就在昨天，姨父、姨妈的音容笑貌依然还是那样清晰，那样历历在目……车开了大约半小时以后，在一个低山边停下，我以为到了，表哥说："还要走很长一段山路呢！"于是大家就七手八脚地从车上拿出已准备好的冥币、草纸、烟香等祭祀用的物品，我则搀扶着我妈在崎岖不平的山路上慢慢地走着……

大概是由于天气晴好吧，今年这天上坟祭扫的人特别多，远处已可见低矮的烟雾在升腾、弥漫，并不时传来短促的鞭炮声，山路上，也还能遇到几户上山祭扫的人家，他们一路上说着、笑着，小朋友们也尽情地奔跑追逐着、欢呼雀跃着，肆意地采着已满山开遍的各种野花。我想，他们是不是忘记了自己此行的目的是什么，怎么一点都看不出有"路上行人欲断魂"的感觉？

走了很长一段山路以后，我们又踽踽行走在一条又长又窄的田埂道上，跨过一条小水沟，便来到了姨父、姨妈墓地所在的山脚下。我急忙在树丛中找来一根别人砍下丢弃的柴火棍，递给我妈当拐杖用。因为人迹罕至，只在不经意间偶尔能听到几声凄婉的鸟鸣，加之山体陡滑，我们沿着表哥所指的方向，也小心翼翼地体会了一把什么叫"独辟蹊径"。

来到一座我从未祭拜过的合葬墓前，姨父、姨妈的姓名赫然映入眼帘，我不禁心头一颤，两腿竟下意识地软了下来。我跪着点上了三炷烟香，毕恭毕敬地一字排开依序插上，然后又烧了一地难以计数的纸钱，不是一般的豪爽，最后又一边在心中念念有词，一边十分虔诚地一拜、再拜，三个响头过后，我的内心似乎一下就感觉到舒缓了很多。虽然我知道，这一跪，怎么样也不能荡涤我内心的歉疚，这一拜，怎么样也不能了却我内心的愧憾，这一跪、这一拜，似乎真的太少、太短！

我姨父、姨妈一生都过着清贫的生活，从他们身上，我也深切地感受到了被粮食苦过的人的一种对粮食特有的珍爱。记得我高中三年在姨父、姨妈家住读时，特别是在天气炎热的时候，有时米饭即使已变味、变馊，他们也都舍不得倒掉，且坚决不让我"享用"。我听我妈说过，姨父、姨妈一生中共生养过13个子女，但最后只剩下我表哥一个，所以我姨父、姨妈对我二姐和我都宠爱有加，真的到了视如己出的程度，使我高中三年住读在姨父、姨妈家时，丝毫没有一种寄人篱下的感觉。

由于生活所迫、经济所逼，我姨妈总是在半上午洗完衣服后，才杵着一双被封建思想严重束缚过的小脚去买些收摊的菜，她还有她的道理，她常说，这些菜洗净切碎了，谁还能看出是收摊的菜？营养还不是一样的有营养？价格便宜有什么不好？终于在一个炎炎夏日的午后，我姨妈在照常去街上买菜后，就再也没有心满意足地回来。后来表哥听人说，我姨妈可能是被骑自行车的人撞倒而去世的，由于当时也无家人在她身边，究竟是被谁撞的至今都无法得知。我想，但愿我姨妈的去世是一个被封建思想严重束缚的小脚妇女时代的结束！

听我二姐说，姨妈去世后，姨父经常暗自神伤地坐在一个相对固定的椅子上，可能是触景生情吧，有时姨父竟会失声痛哭流涕起来，试想，一个风烛残年的老者在夕阳西下的院落的一把椅子上独自伤心，是一件多么令人不安的事情！而我因已考上远在异地的学校，他们甚至于在迟暮时分听我一句温暖的安慰话这简单的想法都变得那样遥不可及。可能是因为怕耽误我的学业吧，加上原先通信、交通都不像现在这般迅捷，接到我二哥两次写给我告知二老已去世的噩耗的信件时，姨父、姨妈下葬都已有数日，我已无法再看到他们临终时是遗憾还是微笑，甚至都没有在他们的灵前祭拜，现在想来，都还一直是我内心永远的痛！

从姨父、姨妈的墓地祭祀回来，我们又一道驱车到了我父亲的坟前例行祭扫，毕竟是父亲的缘故吧，加之墓地离我哥几个的住家都很近，因此，每逢祭日，我到我父亲坟前祭扫的次数相对要多些。虽然我真的不会相信有什么神灵，但在心底总还是会想象我姨父、姨妈和父亲时刻在保佑庇护着我们所有的亲人。还记得有一次到姨父、姨妈的初葬地祭扫时，我儿子年幼非要跟从前往，由于当时雨天路滑，儿子竟从姨父、姨妈坟前的坝顶滚到了坝底，我当时都吓懵了，当抱起儿子时，儿子竟无大碍。还记得父亲在世时，他一直对我和年迈的老妈放心不下，现在我母亲已有83岁高龄，身体反而不像年轻时候那样，倒也算得上是硬朗、矍铄，而我也早在他去世后的第二年便较为顺利地考上了一个学校而实现了他要我跳出"农门"的夙愿。也许并不是姨父、姨妈和父亲的神灵在佑护着我们，而是他们对我们无微不至的关怀和浅显易懂的谆谆教诲激励着我们，让我们能享用一生，甚至几代人。

中午的时候，大家围坐在一起吃饭。说实在话，由于大家现在都各忙各的事，兄弟姐妹在一起吃饭的次数也并不是很多。席间，因我妈已没有一颗牙，我的爱人便不停地给她夹一些菜叶、鱼肉、豆腐等软烂的菜到她碗里，我妈虽然不停地说着："够了，够了！不要了，不要了！"但脸上始终洋溢着甜甜的笑意。我也时不时地用纸巾帮我妈擦去她眼角无意识流出的泪状物。这时，表侄站起来，说："表叔，我要敬你一杯酒！因为今天一路上都是你照顾我小奶奶，在桌上吃饭又这么关心她，大家都说你是孝子。你真的是我学习的榜样。"接着，我高兴地说："说我是孝子，可能我还算不上，但人人都要当孝子。"孝子本不用称赞，但不是孝子的人要受到大家的谴责。因为动物都知道反哺，何况人还是高级动物呢！

今年清明祭祀回来，也证实了我长期以来的内心想法是对的。我想，逝者已矣！再多的冥币纸钱也不能给亡灵带来多少物质和精神上的抚慰，而对健在的至亲长辈，实实在在地做些小事、好事倒是很有必要，也以免今后落得个"子欲孝而亲不待"的遗憾！就像禅语所说，只要你心中有佛，佛自然就会在你心中。只要大家都把活着的至亲长辈奉为上宾，即使在他们百年之后，你也大可不必舟车劳顿地来做些徒劳的补偿。因为对待亡灵，高香三炷真的不如心香一炷！

愿天下已故的亡灵都能入地为安，在天安息！愿子孙后代对自己的家亲都能至亲至善而了无缺憾！

（本文刊登于《景德镇文艺》2010 年第二期）

纤纤寸草报春晖

——哀悼慈母祭文

今天细雨绵绵，天地同悲，子孙心碎，亲朋洒泪！

感谢各位亲友和各位邻里乡亲跟我家人一起，共同怀着无比悲痛的心情来送别我这位平凡而又不平凡的母亲。妈，这么多人都来送您来了，您的远在广东深圳创业的两个孙子和您最想见的外孙女都带着家人一起赶回来了，您的正在贵州做生意的外孙也坐飞机赶回来了，还在襁褓中的曾孙也来了，您膝下89个子孙后代都跪满了偌大个灵堂。您看到了吗？大家都来送您啊！您的子孙们是既感到宽慰又深感难过啊！让我们感到宽慰的是大家都看得起您，看得起您的子孙们！让我们感到真心难过的是您的子孙们从此都失去了您这样一位慈祥、礼让、贤德、谦卑的至亲长辈啊！

妈妈呀！您怎么会就这样舍得您身边的这些人哟！我记得市二院赵医生都说，您不像有这么快要离我们而去的面相的啊！记得在8月9日星期天的夜里，虽然我看到您就连喝三口温开水竟然都呛着了，也不敢往坏处去想，我第二天要去新的工作岗位上班，于是只能不忍心地说："妈，我明天就要调到景德镇去上班了，我会一有空就来看您的！"我看到您虽然已没有力气说话，但还是轻轻地点头说："好啊！你安心去上你的班吧，我不要紧！"

谁知就在8月10日的凌晨，我接到大哥打来的电话说您永远走了，我一时无语凝噎，愣在那里，突然泪水就潸然如雨，奔涌而出，我都不知道如何是好啊！妈妈呀！您说了您不要紧的，您每次答应过我的事，您都没骗过我的呀，为什么这次您就这么决绝呢？

妈，我真没想到，也真不敢相信，我与您8月9日那天晚上的匆匆一别，竟会是阴阳两隔，溘然成诀！

妈，这几天，我们大家都说连觉都睡不着啊！我更是一闭上眼睛，脑海里就像是放电影一样。您的音容笑貌、一举一动，就萦绕在我眼前，心生畏怯却又不忍挥之。回想起来，真如万箭穿心，心如刀割啊！

妈，今天，哥哥、姐姐们都推荐您最小的儿子来为您做家祭。我们大家都说，即便是三天三夜和千言万语都说不完您对我们的好啊！

妈，您一生勤俭、清苦、忠诚、善良。还记得您常回忆对我们说，您 13 岁就认亲到我们家，当时我父亲都还在地主家做长工，真正是上无片瓦、下无寸土、一无所有的啊！但是，您只相信：穷无根。自己从小就要做一个听父母话的好女儿，毫不嫌弃我爸穷得叮当响。居然与我爸一起，从用半口破锅在别人屋檐下烧一个破炉子开始，前后共生了 11 胎，并一手养大我们兄弟姊妹 8 个，有几多辛酸，几多不容易哦！

妈，我们一直都还记得您说过，在您和我爸结婚的时候，不要说有什么聘礼嫁妆，您就是连一件像样的衣服都没有，就是结婚那天，床上垫的棉絮都是隔壁的银娇大妈给临时剪裁的，棉絮中间的一个大洞，几乎连牛都钻得过去，就连结婚盖的被子都是借来的，且三天后就还给了别人，但您还是一样的相夫教子、侍奉公婆，并为我们的爷爷奶奶养老送终。

妈，虽然现在我也算是读了一点儿书的人，对您，我仍然十分敬佩。人们常说"知书达理"，您虽然不认识几个字，但您非常的通情达理，跟同村人，特别是隔壁邻居，都能做到和睦相处。从来都没说过一句过激的重话，从来都没红过一次脸。有时，我们年轻夫妻难免也会拌嘴吵架，您每次都是压着、劝着自己的子女、孙子、孙女、外孙和外孙女，对儿媳、女婿、孙媳、外孙媳妇和外孙女婿都从没半句微词。您确实是一位值得我们这些子孙后代永远学习的好人！

妈，您是如此的聪明灵巧！您为人处世的方法，我们是学都学不到、学都学不全的啊！你总是教导我们要"吃得苦中苦，才能做得人上人"，子孙们现如今都还算能积极向上、争气做人。您都是说"人争一口气，佛争一炷香"，所以，我们家人后代基本还算是用功读书，勤劳上进，没有哪一个是好吃懒做的啊！您虽然不认识几个字，但是您的记忆力特别的好！您把民间和长辈们流传下来的《十杯酒》《劝夫歌》《劝女儿歌》都背诵得一字不漏、不错不乱。你用《增广贤文》里面的古训教育儿女，用得精准，让您的后辈们受用终身、受益匪浅。

妈，你真是一位心地善良的人！您一生真正做到了助人为乐、乐善好施。您只要知道哪个隔壁邻居家有什么喜事，总是一有时间就去炉前灶后烧火帮忙，尽心竭力。有时候有讨饭的人到我们家，您也总是至少舀一筒米给他，有时还把讨饭的人留在家里与家人一桌吃饭，我们有时还真以为家里又来客人了呢！您总是说，虽然我们家里穷，但世上还有比我们更穷的人。后来，我们家里日子慢慢好了，您就连倒掉且有可能被鸟吃的焦巴饭，都会捣烂撕碎，路过的人问您为什么要这样做，您说是小鸟的喉咙小，生怕小鸟吃了会哽住。

妈，您的心灵真的可以说得上是既纯洁又高尚！您捡到别人的东西，不管是现金、实物，甚至还有金戒指、银手镯，您都一一还给了别人。人们常说，榜样的力量是无穷的。所以现在我们家里人个个能做到拾金不昧。

妈，您是如此的勤劳、节俭！您年轻时，不仅操劳我们这一大帮人，还要做家务活，还要帮我爸送饭、推车。您还总是抽空出去捡菜叶、拾稻穗、扫芝麻，捡拾回来仔细清洗后贴补家用，但是您连别人的一根灯芯、一根稻草都从不多拿、错拿！现在我们八个姊妹的日子都还算过得去，有时帮您买点东西，您都是说，不要浪费啊！您还总是舍不得吃、舍不得穿。妈，你不知道，只有您吃了、穿了，我们心里才舒服好受啊！

妈，您是如此的仁慈宽厚！您不知道，这次您走了，同村邻里亲友听说了，大半个村的人都来问我们家人要孝布，村里没有哪一个人不说您是一位好人的。妈，您也真的就是这样，确实，在您的眼里，除了已经被枪毙了的人，也就没有坏人了！您总是跟我们说，要记得谁在我们家困难时帮助过我们，却从来没有说过，谁欺负过我们家，都是说要如何如何待别人好！

妈，您是如此的体谅我们！任何时候、任何事情都在为我们着想。在您病重住院期间，您都是说，现在儿女都大了，各家都有各家的事，我目前再苦、再难，我都高兴！您还经常说，是我坑害到大家了，折磨到大家了！妈，比起您一个个怀胎十月，又一个个一把屎、一把尿地把我们兄弟姊妹八个拉扯大，我们做这些，又算得了什么呢？

还记得在我陪护您最后几天的时间里，您已是大小便失禁了，虽体弱，但每次您都想强撑着自己爬起来，怕打扰我休息。记得有一天早上起来帮您换纸尿裤的时候发现，您的纸尿裤里都已是一包粪便水了！连裤子、床单都湿透了。妈，我知道，您还是怕影响到我休息啊！您不知道，我有多难过啊！

妈，您在这个世上只活了 31900 天，我们也没想过您会有多少金银财宝传给我们，但是您留给子孙后代的为人处世的精神财富比什么都弥足珍贵啊！

妈，您在世的时候，我们都说，妈，您就像是我们所有家庭成员的一个铁箍，您在，我们兄弟姊妹就会紧紧地抱团在一起！现在，您走了，您这铁箍就算是爆掉了啊！妈，您就放心吧，虽然现在您不在了，但我们兄弟姊妹还是会团结和睦、积极上进、好好持家的，我们是不会丢人出丑给大家看的！

妈，我叫了您这么多声，您都还能听得到吗？妈，您在世的时候，我们兄弟姊妹及子孙后代，哪个到家后不是要先找到您，叫一声"妈妈""外婆"或者"奶奶"心里才高兴！现在要我去哪里才能找寻到您，再叫一声妈哟！

妈，大家都说，人死如灯灭，但是我们都说您会永远永远地活在您的子孙后代们的心中！如果人都有来生转世，妈，我们都愿意再做您的子女，我们都会以百倍、千倍、万倍的恩宠和慈爱来弥补我们今生对您留下的遗憾和不足！

妈，别人都说世上只有妈妈好！您对我父亲来说确实称得上是贤妻，对子女也确实称得上是良母！妈！妈妈！我的妈妈啊！您的生养之恩，让我们都念想不完、感激不尽啊！

妈，人们都说，在生好人，去世以后都会去到天堂。我相信，天堂里已是开满了鲜花，那里没有了寒暑炎凉，那里没有了痛苦忧伤！妈，您就一路走好！放心安息吧！

（本文入选文集《青春的回眸》）

厚德传百世　深爱遗千秋

——清明之际遥祭远在天堂的娘亲

又到一年清明时，
又是天气雨纷纷，
又见行人在路上，
又都萋萋欲断魂。

虽说"人间四月芳菲尽"，但四月也是一个"山寺桃花始盛开"的季节，因为有了"清明"这个节气和节日，似乎又多了些许被泪水充溢填满的忧伤。今年清明节这天，我又同家人一起，来到我母亲长眠的墓前聊表哀思，任凭乍暖还寒的轻风拂过脸颊，心头不禁飘落了一地的感伤和哀愁，现将思绪尽力捡拾整理，谨以记之。

人世间最大的痛苦莫过于至亲的离世而骨肉分离，坦诚地说，在我父亲于1984年农历七月二十四日上午8时16分离世时，我还不曾有特别伤心的感受，这倒不是我对先父的情感不深，我想其中的原因主要有二：一是那时候我怀着实现父亲要我跳出"农门"的遗愿，正集中精力备战高考；二是那时候还有我母亲尚能用她那瘦弱的身躯扛起一个风雨飘摇的家。直到母亲的离世，我才深切体会到那种彻骨的痛苦。2015年8月10日后半夜，我大哥从乐平老家打来电话哭着说："我们的妈妈已于凌晨1点零3分永远地走了！"我本来是从梦中惊醒，噩耗传来，一时愣在那里，之后潸然泪下。我母亲虽然是年近九旬高龄辞世，但我觉得我的人生里从此"为人子"的概念已是一片空白，真的好像是什么都没有了！

我母亲14岁嫁给我爸时，家里穷得真的是一无所有，但我妈认命而没有嫌弃我爸穷。现我们八姊妹都已成家，在经济上都还算过得去，所以村里人都说，你妈真是有福之人，你们看，你妈是高寿离世，你们家姊妹个个是夫妻和睦，家庭和谐，且没有哪个后代由于非正常事故走在你妈前面的，村里这样的事也有不少，你家里是少有的！

从我有记忆的时候起，记得妈妈就是一个特别勤劳、节俭的人，但我妈做事手脚很慢，所以为了把家里那么多的事做全、做好，我妈总是比别人家的家庭主妇要睡得晚而起得早。我现在总也忘不了母亲那炯炯有神的目光，这目光刚中见柔，柔中有刚，当我小时候不小心犯错时，会不敢直视我妈的眼睛，因为我会感觉到有一道凶光，好似一把利剑直刺我心底，让我不寒而栗。当我在学习上小有长进时，我妈的眼神又变得温和起来。不管我是以前求学在异地，还是现在工作在他乡，无论在哪里，我都会觉得有一双眼睛，有一种特别慈祥的目光在注视着我，长依长伴，如影随形！

原先我家住在有十多户人家共住的一个老房子里，老屋中央有一个大天井，由于年久失修，排水不畅，大天井里长年都有积水，以至于大天井里都可以钓得起鳝鱼来。记得四五岁的时候，我得了夜盲症，一到夜里，我就跟盲人一般，周围就是漆黑一片，每次要过天井，我妈都搀扶着我或抱着我，后来我妈听人说治疗夜盲症用猪肝炖甘草很有用。在 20 世纪 70 年代初，还是计划经济的时代，各项商品供应都非常紧缺，要买到做药引的一两猪肝都要赶早或托人帮忙才能办到，尽管家里很穷，但我连续用药几个月，当时如果不是治病，能吃上猪肝已是很奢侈的事了！虽然我的夜盲症治好了，但可能是小时候猪肝吃多了或者说是吃腻了，以至于现在无意中吃到猪肝都会觉得难以入口而排斥摒弃。

因为从小体弱多病（现在想起来应该是心火灼身吧），我妈本来个头就不大，但她总是抱着我在不大的房间里走来走去，哼着不成调的催眠曲哄我入睡。有时，我夜里睡不熟觉时，就在床上从这头爬到那头，又从那头爬到这头。那时我爸在乐平搬运公司当搬运工，白天特别的辛苦，晚上又总是被我吵得不能好好地休息。有一天晚上，我爸非常生气地把我抱到屋外，丢在大屋门口一条青石板路的尽头，当时已是初冬，皎洁的月光裹挟着寒气，包围着身单衣薄的我，我当时真的是又冷又怕。事后我知道是妈叫三姐来抱我进屋的，多年以后，我曾问我妈为什么不自己去抱我进屋，我妈说："你们又不是不知道你爸的脾气，如果我去抱你进屋，你爸会连我一起骂的！"我妈就是这样，有时候我们犯了错，在我爸发脾气时，她从不当我爸的面袒护孩子；当我爸不在场时，她也会细数我们在哪些地方做得不对，让我们不会重犯同样的错误。

都说儿行千里母担忧，母行千里儿不愁。但人们又说，好男儿志在四方！这似乎就已注定了母亲的担忧和儿女的志向也是既矛盾又统一的，一方面作为母亲宁愿担忧，也希望儿行千里，另一方面好儿女也想绕膝左右而让家中尊老颐养天年。但自古都是忠孝难两全的，人间世事总难遂人所愿，命运之神也似乎总在跟我开着一个又一个不大不小的玩笑。自我上初中直至参加工作以后，读书时学习紧，工作时事务忙，就很少有特别多的时间陪在妈妈的身边。记得我 2008 年在乐平农行工作的一个早晨，我都还没起床，有同事打我电话说："你奶奶找你。"我心想，我奶奶在我还没出生时就已过世。我转而会心地一想，肯定是我妈，因为我妈是在 40 岁那年才生的我，我在家中排行最小。我赶紧下楼，一看果真是我妈，我问我妈有事吗？妈说："没事！我就是想出来走走！"因为我妈住的地方到我工作的地方有近 10 里的路程，还要走过一座很长的大桥，我妈还告诉我说："现在我也 81 岁了，身体没有以前那么好了！今天到你这里来，路上还歇了两次呢！"我听后心头一颤，顿感羞愧万分。我忙说："妈，我以后一有空就去看您！"试想，一个风烛残年的老者，思儿的心情是何等的悲切！后来我又经过了几次工作岗位的变动，但无论是远还是近，我都会常去看望我妈。我想我就是我妈放飞的一只风筝，无论飞多高、飞多远，那思念的线永远拽在我妈的手中，永远不会有谁能把它剪断！

2015 年 6 月 14 日是我儿子结婚大喜的日子，我妈因已行动不便且大小便失禁而未能来参加我儿子的婚礼。我大姐、二姐深知母亲和我的心思，为了弥补她老人家的心愿和不让我终身遗憾，2015 年 7 月 10 日那天，我母亲精神状态还好，我和大姐、二姐把我妈接到儿子结婚的新房去看了一下。我记得我妈还特别的开心，吃了我爱人给她蒸的两个蛋羹，还很难得地在新沙发上沉睡了一个午觉，谁曾想这竟然是我妈最后一次到我家。而这一天，离我妈去世恰好是整整一个月的时间，而今想起，还恍如昨天。

我母亲 2015 年 7 月 10 日最后一次到我家时，家里楼顶菜园里的茄子、黄瓜，还有辣椒正盛开着各种颜色的花，也挂满了各种大小不同的瓜果，今年家里的菜也已换了一茬，叶也依然是绿，花也依然在开，果也还是会结……母亲在时，我儿媳妇已有身孕，当时我妈还在乐平市二院住院治病，听到我打电话让二姐转告她时，她说非常高兴，并说病一下就似乎好了许多。妈，现在您的曾孙都已半岁多了，他已经会咿呀学语并能滚爬了，现在正健康成长，一天一个样了……妈，如果你在天堂有眼，这些您都还能看到吗？

以前跟同学们在一起唱卡拉 OK 时，我知道有些歌曲本身就含有浓郁深情的怀念意味，一般我只会唱唱刘和刚的《父亲》这首歌，因为我的父亲在我高考前就已离我而去了，原先有同学叫我也唱一下阎维文的《母亲》这首歌，我说，我妈还在，我不唱。现在我妈不在了，每当我唱起《母亲》这首歌，我的心总是酸酸的，总有一种说不出的感伤滋味。

人们常说：家有一老，胜过一宝。爸妈在时，日子再苦，也不怕风雨！现在爸妈都不在了，人们都说，你这儿子算是做到头了！有一首叫《世上只有妈妈好》的歌唱得好：有妈的孩子像块宝，没妈的孩子像根草。我怎么一下就从

"宝"变成了"草"呢？每次凝望母亲的遗像，双眼总是情不自禁地噙满泪水，每每想起母亲，也总是鼻翼发酸，心欲哭，泪先流。

妈，您走后，我的阑尾炎又犯了，我痛得直叫妈，妻说你妈能听得到吗？我说，即使我妈听不到，我能叫一声妈我心底都要好很多！妈，我这次无法经过您的同意，只能"擅自"做了阑尾的切除手术，虽然医生说，这阑尾留着也没用。我想这也是您给我留下的一块心头肉吧！儿继肛瘘、胆囊这些器官切除手术以后，这是不是算又一次的"不孝"啊？

今年的4月27日是我的50岁生日，每年生日的时候，我就会记起我的母亲，因为是妈在50年前的这一天，在毫无医疗条件可言的情况下，强忍着剧痛把我带到这个人世间的。我妈在世时，每年生日这天，她便会起个大早，用自己积余的钱，买一挂遍地红的大爆竹和三根烟香，到村里祠堂后面的关帝庙为我虔诚祈福。妈知道我跟我儿子常开车出门，还为我们许愿求了两根画有平安符的红丝带，让我们各自绑在车的方向盘上。说实在话，我本不相信神灵这一类纯精神性的东西，但我想，它既然融入了我母亲的诚心、爱心和善心在里面，因为是心有寄托，那它对我及我儿子的福祉佑护应该是很有裨益的！

母亲在时，回家似乎是不需要理由的，脚步一抬，轻松上路，母亲不在了，老家的方向和观念似乎一下就变淡了。过年是团圆的日子，母亲在世时，不管多忙，不管多远，我一家大小都要去老家陪老妈过一个团圆年，现在妈不在了，年味里多了一种说不出的心痛。

我爸去世时，村里地仙说了些"日子不好，会犯凶"的话，所以那段时间家里似乎都被忧伤和恐惧的阴霾包围笼罩着。从我爸去世后，我就变得特别胆小；从我妈去世后，我时常回想但又不敢去多想，因为一谈起我妈，我就变得特别脆弱。我想我的情绪已不堪再经受世事的变故而起波澜，在此唯愿世人都平安！幸福！

都说男儿有泪不轻弹，
娘亲辞世我泪如雨。
都说男儿膝下有黄金，
我愿为母长跪不起！

（本文入选文集《青春的回眸》）

知父莫如子 为子当如父

——写在父亲节前夕

又快到父亲节了，在这个专属于父亲的节日里，虽然我总是过着没有父亲的父亲节，但我仍旧十分想念起我的父亲，所以，我想我也该提笔为我的父亲写些文字了，哪怕是只言片语或者是词不达意都行。

我的父亲姓吴，讳名有根，1922年农历九月五日生人，殁于1984年农历七月二十四日。在我的记忆中，父亲像一道光，像一颗流星，时常在我的心头划过，在我的心底永恒闪烁，并照亮我的勇敢前行之路！

谨以此文献给我的父亲！用以纪念我父亲短暂而又苦难的一生。

——题记

如果我的父亲还健在的话，他今年已是整整100周岁了，而他在不满62周岁的时候带着病痛的折磨和深深的不舍离开了我的家人，屈指一算已是匆匆的38年，真的是"三十八年过去，弹指一挥间"啊！

自打我有记忆起，总记得我的父亲很勤劳，他总是起得比别人早，睡得比人家晚，我的父亲到乐平搬运公司上工从来没有迟到过，因为他几乎每天在上工前都要在自家一点点的自留地里劳作后再去，晚上下工后又还要去自留地里除草、施肥等。那时候我家的自留地虽然不多，但总是会有时鲜蔬菜挑到城里去卖，我记得我爸的韭菜种得又大又绿，叶子宽得如大蒜叶，一到菜市场总是被抢购一空。我妈说，我爸到城里上下工，就从来没有空手走过路，早上去时不是挑着粪桶，就是挑着菜去卖，晚上回家时要么挑着从城里姨父家倒来的用作施肥的人粪尿，要么肩上扛着捡来的柴火。他常说，人懒无药医。就是天上有东西掉下来，都要赶早起来捡，要是起来晚了，也早就被人家捡走了，他似乎总有干不完的活。

我父亲的一生真的就是苦难的一生。听村里年纪大一点的人说，我爸小时候就很弱小，经常是一身的病痛，而且家里又穷，有病也无钱医治，似乎能活下来就是奇迹。每一场病痛都在他身上留下深深的痕迹，以至于他的头上满是疤痕，几乎是"皮之不存，毛将焉附"了。解放前，他只能给地主家当长工，所以，我家的家庭成分就因为最穷而成为少有的"雇农"。解放后，我的父亲才进了乐平搬运公司当搬运工，一辆大板车陪伴在他身边，一陪伴就是整个的职业生涯。等到满60周岁退休了，眼看着我们兄弟姊妹八个渐渐长大成家了，家里日子慢慢变好了，可因为长期的劳作而落下的病痛又来狂虐他，最后夺去了他的生命，让他匆匆地走过了自己的一生，我的父亲好像就从来没有享受过一天的好日子。

我的父亲一生很正直，甚至爱打抱不平。有一次，我妈听到我爸好像是在跟别人吵架，后来了解到缘由后又气又急地说："人家的事还用得着你去管？"我爸还说："如果我不管，他不管，这世上就没人说公道话了！你不知道这个人家的儿媳妇有多么的不像话！"见我爸还是越说越来气，我妈就顺着他说："是哦！是哦！你是包公，要是没有你，这个世界都不太平了！"我爸就是这样，我可能就是继承了我爸的秉性，单位曾有一位领导评价我，说我最大的优点就是爱憎分明、嫉恶如仇。人家说眼睛里容不得沙子，但我更容不得渣滓。不管这个品质是否真的好，可能有时候还会被不良的人利用，但"江山易改，秉性难移"。我的家人也都是非常正义、正气和正直的，从不做昧良心的事！

我的父亲平时言语不多，对子女的管束特别严厉，我们兄弟姊妹八个都很敬畏他，也可以说都到了"怕"的程度。我们兄弟姊妹八个年龄间隔相差不大，当我爸不在家的时候，我们常常会嬉戏打闹，但当我们听到我爸的脚步声和咳嗽的声音时，刚刚还是热闹非凡的场面会立刻像是收音机断了电，也像是电影镜头卡住了或被摁了暂停键一样，一个个呆若木鸡或噤若寒蝉，等我爸一走开，就又恢复了刚才的氛围。而我妈就特别的仁慈可亲，但当我们兄弟姊妹八个有时不拿我妈说的话当回事时，我妈就会说一句："如果你们不听，不要让我告诉你爸。"每当这时，大家才有所畏惧。我爸跟我妈一直就是这样的"严父"和"慈母"，他们和谐搭档着，对子女宽严相济，不失大体。小时候，农闲时节，农村也有聚众赌博的恶习，我父亲就曾警告过我们：一律不能参与，连在旁边看都不能看一下！记得有一次，我还在读小学二年级时，跟同学下过一次5分钱的"花会"（一种赌博方式，玩法是在一张桌上摆1~6点的6张扑克牌，一个坐庄的人在1~6点的6张扑克牌中每次任意出一张，其余的玩家在1~6点的6张扑克牌上押注，押中视下注不同情形赔，没中则被吃）。我都不明白怎么会被我爸知道了，他二话不说，从竹扫帚上扯下一根枝条把我的屁股打得几乎是皮开肉绽，痛得我两三天都不能坐凳子，光是这样还不够，还要罚我在毛主席标准像前下跪反省，发誓今后不再重犯为止。有一次，我和三个哥哥去帮邻里的三妹哥哥到药店点中药，我爸以为我们兄弟四个一起跑出去玩而不做作业，三个哥哥都吓得不敢说话，我爸见大家都不说原因，就罚我们兄弟四个一起跪成一排，见哥哥们都不说，我就举手对我爸说："我说了原因，我就起来不跪的哦！"还没等我爸答应，我就把那次事情的经过说了一遍，自己就起来不跪了。我爸当时还忍不住大笑了，紧接着三个哥哥也都起来不跪了。我爸正是因为对子女们太严厉，所以，他的子女们都不敢亲近他，可能有时候他也不想这样，但为了我们良好习惯的养成，就他所能做到的教育方式，也可能是无从选择而只能如此吧！他宁愿自己忍受孤独，也不去纵容和溺爱他的孩子们。因为有我父亲的严谨治家和他自己的亲力亲为以及言传身教，我家人在日常生活中耳濡目染，全都在父亲的正面激励和影响下，积极向上，踏实勤劳，家风很正，无一人有不良嗜好和违法乱纪行为。

我的父亲也有很仁爱的一面，特别是对我，因为我在兄弟姊妹八个当中排行最小，应该是"爹娘疼幼子"的缘故吧，有时候姐姐、哥哥们想要对爸爸有什么请求时，一般都是哄着我去跟我爸说，而且还很奏效。我爸有时候也难得在家休息一天，每当这天，他会带我跟他一起去城里上街玩，而且在我装着走不动路的时候，还能高高地骑坐在我爸的肩膀上，那时候，我就觉得天空很大、很蓝，我也觉得自己很开心、很幸福。而姐姐、哥哥们是少有这样的机会的，或许他们想却也不敢跟我爸一起去城里上街玩。每次上街，我爸都会给我买5分钱一个的肉包子吃，我爸有时候还会问我一个包子吃得饱不？如果不够，就再买一个。我虽然特别想再吃一个，但怕我爸多花钱就假装说饱了、够了。每次上街回家，姐姐、哥哥们就会偷偷地审问我："今天爸爸带你上街，又买了肉包子给你吃吧？"我就故意说："嗯！还买了两个呢！"说得姐姐、哥哥们羡慕、嫉妒不已。

因为家里经济条件差，生活紧张，尽管哥哥们学习成绩都很优秀，但我爸也不得不让三个哥哥先后辍学回家学手艺，除二姐由姨妈领养多读了几年书外，其余三个姐姐几乎也没读多少书，他虽然不直接说出来，但我可以想象出他会因为自己的力不从心而深感愧疚。所以，当他隐约知道自己得了重病（食道癌）之后，就多次叮嘱姐姐、哥哥们，不管家里多穷，只要老小（特指我）的书读得进去，都一定要让他读，如果他实在读不进，考不上也是没办法的事。我爸就是这样，即使是在弥留之际，还一直在关心我的学习，想到如果我考不上一个学校，他还放心不下。很遗憾！我爸在我参加高考的前一年就离开了我们，他最终没能看到我考上了一个中专学校，实现了他要我跳出"农门"的夙愿，现在，基本上也算是活成了他想要的样子。我想，如果我爸在天有灵，他也会时时刻刻佑护着我和家人的，相信他在天国也会笑而无憾了！

我的老父亲，最疼爱我的人！正如刘和刚在《父亲》这首歌中唱的那样："想想你的背影，我感受了坚韧，抚摸你的双手，我摸到了艰辛……听听你的叮嘱，我接过了自信，凝望你的目光，我看到了爱心，有老有小你手里捧着孝顺，再苦再累你脸上挂着温馨……人间的甘甜有十分，你只尝了三分……生活的苦涩有三分，你却吃了十分。这辈子做你的儿女，我没有做够，央求你呀下辈子，还做我的父亲！"

第七辑：市井巷议

等待，在风雨中永恒！

——品"霸王别姬"而伤怀

　　一部历史，就是一部活脱脱的战争史，历史充斥着战争，战争写满了历史，但最终的结果都是以朝代的更替而成就了时代变迁。

——题记

　　历史上著名的事件很多，但把一件事、一段情演化成一个事件的不多。"霸王别姬"便是其中较为经典的一段。

　　实际上，"霸王别姬"的故事情节并不复杂。

　　秦末，楚汉相争，韩信命李左车诈降项羽，诓项羽进兵。在九里山十面埋伏，将项羽困于垓下。项羽突围不出，又听得四面楚歌，疑楚军尽已降汉，在营中与虞姬饮酒作别。很难想象，在那个月高风清的夜晚，面对涣散军心，几番失败突围，和兵孤粮尽的窘境，虞姬是怎样复杂的一种心情。只听得她仍唱道："看大王在帐中和衣睡稳，我这里出帐外且散愁情，轻移步走向前荒郊站定，猛抬头见碧落月色清明。适听得众兵丁闲谈议论，口声声露出了离散之情。劝君王饮酒听虞歌，解君忧闷舞婆娑。嬴秦无道把江山破，英雄四路起干戈，自古常言不欺我，成败兴亡一刹那，宽心饮酒宝帐坐，且听军情报如何。"大帐里，项王举杯痛饮，酒后慷慨悲歌："力拔山兮气盖世，时不利兮骓不逝。骓不逝兮可奈何，虞兮虞兮奈若何！"虞姬凄然起舞，忍泪相和："汉兵已略地，四

192

方楚歌声。大王意气尽，贱妾何聊生！"歌罢舞罢，虞姬决然自刎，项羽杀出重围，途中误中多次埋伏，至乌江，感到已无颜再见江东父老，遂自刎江边。

"霸王别姬"整个事件，从兵败垓下开始，先霸王别姬，后十面埋伏，再四面楚歌，到无颜见江东父老，最后自刎于乌江。直把是非信义演绎为成王败寇，这不是神话和传说，这是硬生生、冷冰冰的事实，让人不由得心生感叹。

两个人，一段情，在楚河汉界的纷乱中，情感维系不过匆匆七年，更准确地说，这七年是虞姬陪同项王一起风餐露宿、无怨相随、誓死相伴的七年。在时间长河里，这七年，虽只为一瞬，但故事却被后人传唱了几千年，这分明就已是永恒，就这样定格成了历史。

我仿佛听到了耳边响起的鼓角，我似乎看到了虞姬撩起衣袂，我闻到了硝烟中飘过的一丝胭脂香味，我领略到了西楚霸王的侠骨柔情……

信马由缰，乌骓一声长啸嘶鸣，一声轻盈的呼唤，一个深情的顾盼回眸，怎么就这样有了无穷的力量？

虽然为谁而来，人都无从选择。但奔谁而去，选择确实不易！

在风中，我看见：虞姬站立成一塑雕像，让轻风拂去了身上的尘埃，在艰难苦涩中绽放光芒和舒展笑容。在雨中，我看见：虞姬幻化成一束虞美人小花，用最温柔的腰身坚挺起信念的脊梁，在孤独中开放，只为等待，等待自己心目中独一无二的英雄，不管他来，还是不来……就凭项王拔山举鼎、破釜沉舟的英雄气概，不论成败，纵使千年，也痴心永远，誓不更改！

历史已远去，任由后人评说，任凭后人想象……

（本文刊登于《景德镇金融》2017 年第 4 期）

探不清的深水河

——介绍歌曲《探清水河》

《探清水河》是流行于北京市海淀区火器营村的叙事歌，讲述了清末民初发生在火器营村的一个类似于《孔雀东南飞》的爱情悲剧。

这首歌叙述的故事是这样的：在清末民初的时候，火器营是制造枪炮的，火器营村是满族的聚居区，住着松老三一家，靠种大烟、开烟馆为生。老两口膝下无儿，所生一女起了个乳名叫大莲。大莲长到十五六岁的时候，可谓亭亭玉立，说媒的人踏破了门槛，但是松老三两口子整天吃喝玩乐，不关心女儿的婚姻大事。后来大莲遇到本村青年农民佟小六，他们两个就偷偷地相爱了。有一次小六来到大莲家，他俩在偷偷幽会时被大莲的父母发现了，这一下可惹了大祸了，这可是辱没祖宗、败坏门庭的丑事。大莲的父亲就用皮鞭子把大莲打得皮开肉绽，还给她一把菜刀、一根绳子、一把剪子叫她自裁，最后大莲被逼无奈，一狠心就跳进了门口的清水河（清水河就是从颐和园里流出来的长河）。小六听说大莲已经跳河死了，就带着烧纸来到清水河，在一个凄风苦雨的夜晚，祭奠他的大莲妹妹，祭奠完了以后，可怜的小六也跳了河自尽，这个故事是一个双双殉情的故事。

为纪念这个忠贞不渝的爱情故事，后来有人编成了小曲到处传唱，《探清水河》从此就在北京广泛地流传开来了。

《探清水河》这首歌近年来经德云社的相声演员张云雷、岳云鹏和郭德纲多次演唱，并在现场引起观众齐声跟唱后，可以说成了一首网红歌曲。今天我也把它做一个特别的打卡介绍。

这首歌共有九段，虽然曲调看似重复，但又略有不同，曲调朗朗上口，悦耳动听，加之也不是简单的重复，因为每段叙述的都是不同的故事情节，且各段都有自己灵活运用的韵仄，所以，听者自然不会厌烦。

这首歌唱得京味儿十足才好听，这里面体现北方口音的儿化音较多，对于南方人来说，想要唱好还是有一定的难度的。

对于自己喜欢和有乐感的人来说，一般流行歌曲都是听上不多的几遍就会唱的，而这首歌，可能需要反复听上很多遍，歌者才有可能得到自己满意的结果。

　　这首歌有多个版本，今天我推荐的是晓月老板的这首。虽然我不反对创新，但也不要唱到走调或乱唱而美其名曰翻唱的程度，窃以为，唱歌也要多以"读原著，悟原理"的态度去对待，不然的话，如果每一首歌都是别人作词，你自己作曲，那就没有一个标准的版本了，如果是要合唱，那也就没法进行了！

　　一曲《探清水河》，唱尽了人生的悲欢离合，只怕是清水河太深，谁也无法能探得清了！

《探清水河》 歌词

桃叶那尖上尖
柳叶儿就遮满了天
在其位的这个明啊公
细听我来言呐
此事哎
出在了京西蓝靛厂啊
蓝靛厂那个火器营儿
有一个松老三呐

提起那松老三
两口子落平川
一辈子无有儿
生了个女儿婵娟呐
小妞哎年长到一十六啊
起了个乳名儿
荷花万字叫大莲呐

姑娘她叫大莲
俊俏那好容颜
此鲜花无人采
琵琶弦断无人弹
奴好比貂蝉呐思吕布啊

195

又好比那个阎婆惜坐楼想张三呐

太阳它落了山
秋虫儿闹声喧
日思夜想的六哥哥
来到了我的面前呐
约下了今晚那三更来相会啊
大莲我那个羞答答
是低头无话言呐

一更那鼓儿天
姑娘她泪涟涟
最可恨的这个二爹娘
爱抽那鸦片烟呐
耽误了小奴我的婚姻事啊
青春要是过去
这何处找少年呐

二更那鼓儿发
小六儿他把墙爬
惊动了的这个上房屋
痴了心的女娇娃呀
伸出手打开了门双扇呐
一把手我是拉住了
哥哥呐我的冤家呀

五更那天大明
爹娘他知道细情
无耻的这个丫头哎
败坏了我的门庭呐
今日里一定我是将你打呀
皮鞭子的这个蘸凉水
我定打不容情啊

大莲她无话说
被逼就跳了河
惊动了的这个六哥哥
来探清水河呀
妹妹呀你死都是为了我呀
大莲妹妹你慢点儿走
等等六哥哥呀啊

秋雨下连绵
霜降那清水河
好一对的这个痴情的人
双双跳了河呀
痴情的女子这多情的郎呀
编成了那个小曲儿
来探清水河呀
编成了那个小曲儿
来探清水河呀啊

请给我相对安静的自由!

　　20 世纪 80 年代,有那么一群年轻人,男的留长发,女的蓄波浪,上身穿着花衬衫,下身套着喇叭裤,他们也不是整天无所事事,而是提着录音机,尽最大音量地放着很流行的音乐招摇着走街串巷,影响着老年人的休息。

　　现在,一群老年人,晚上不睡觉,早上睡不着,高分贝地放着很流行的音乐,跳着广场舞,影响着年轻人的休息。

　　实际上,现在的这帮老年人,可能还就是那帮曾经的年轻人!

　　不是曾经的年轻人变坏了,而是曾经变坏了的年轻人又变老了!

　　世事虽然无常,确实没有轮回,但很可怕!因为内心不懂得尊重和爱护他人的人,至少会影响三代人!

　　音乐固然美妙,但在不适合的时候高音量播放着,如果已经严重影响到了他人的休息,也就会成为令人生厌的噪声,这就是对高尚艺术最大的亵渎!

　　曾经的年轻人可能追求的是另外一种时尚,现在的老年人唯一追求的就是健康和长寿,不管是基于什么样的出发点和归宿,如果是已经侵害到他人最根本利益的行为,我想,这时尚、健康和长寿,不要也罢!

用"工匠精神"去吃虾

——油焖大虾烹饪方法介绍

记得有两条微信段子，其中一条大致是这样说的：家庭中，一个人想要留住另一个人的心，就要满足这个人的胃，意思是让他（她）在家吃饭有胃口了，他（她）就不会想到外面去花天酒地了。另一条是说：若要一辈子高兴，做事；若要一阵子高兴，做官；若要一个人高兴，做梦；若要一家子高兴，做饭；若要一圈人高兴，做东！

这两条微信告诉我们：若要家庭稳固，爱情甜蜜，至少要学会做一两道拿手好菜，并合理分担部分家务是必要的选择。

眼下正是基围虾大量上市的季节，基围虾营养丰富，其肉质松软，易消化，对身体虚弱以及病后需要调养的人是极好的食物。虾中含有丰富的镁，能很好地保护心血管系统，它可减少血液中胆固醇含量，防止动脉硬化，同时还能扩张冠状动脉，有利于预防高血压及心肌梗死。虾肉还有补肾壮阳、通乳抗毒、养血固精、化瘀解毒、益气滋阳、通络止痛、开胃化痰等功效。

今天我就来向大家介绍一下油焖大虾的烹饪方法，有感兴趣的朋友可以参照制作一下，真的不错哦！

大家可能一看文章题目就会吓一大跳，那么简单的吃虾，干嘛用"工匠精神"去做，跟"工匠精神"有什么关系，"工匠精神"又指的是什么？告诉你，工匠精神指工匠对自己的产品精雕细琢、精益求精，以追求更加完美的精神理念。等您看了我这油焖大虾的烹饪方法的全过程，您可能就更会了解什么是"工匠精神"了！

它的过程是这样的：

首先就是把好采购关。这一道程序相对简单，一般只要是活蹦乱跳的相对大一点的就行。

其次就是过好清洗关。基围虾买回来以后，清洗这一道程序较为关键。首先就是要去除头部里面的内脏和腮须，我推荐的做法是统统不要，一是如果不去除，会影响鲜味；二是内脏和腮须较脏，根本就很难洗净；三是自家烹饪又不是在餐饮，因为在餐饮，人家是要凸显分量充足的。然后就是扯虾线，虾线就是背部中间与头部内脏相连的一根肠，里面有粪便等污物，方法是将尾部中间的部分往后连较长的一条肠扯出即可，要掌握好力度，如果方法不对，万一扯断了也没关系，只要顺着尾部轻轻一挤，把没扯出的肠内的污物挤出也算是较好的补救。接着就是把腹部的足须也剪掉，最关键的一招就是沿腹部中间，用剪刀剪开。这一招为什么是最关键的一招，等到下锅烹饪了，您就会知道这其中之妙了！

最后就是做好烹饪关。热锅下油，油热后倒入洗净的大虾，因为前面在清洗时已沿腹部中间用剪刀剪开，大虾经油热爆炒后，虾壳与虾肉自然分开。这样，用手轻轻一剥，吃起来很方便。

经过这么多复杂而又精细的过程，一道色泽红润、鲜美可口的油焖大虾就这样香气四溢地出锅上桌了，这样做出来的油焖大虾色泽红亮、汤汁鲜美，吃后，您肯定会齿颊留香，回味悠长。各位看官是不是有点急不可待而垂涎欲滴了？

恩师铭

"唐宋八大家"之首的文学家韩愈在《师说》中写道:"古之学者必有师。师者,所以传道授业解惑也。"说的就是:自古以来,在学术、学识上再有成就的人,他们都是离不开老师的教导的。当老师的人,他们不仅教育学生以文化知识,还会传授学生以做人的道理,更能化解学生在学习生活中遇到的各种疑惑。

在我的学业生涯中,教过我的老师也有很多,我记忆最深的是徐国明老师,他是我初中和高中的班主任,他不仅教了我六年的语文课,还教了我初中的化学课。他的爱人张美玲也是我的老师,她教过我初中的数学和体育。他们不仅是我的良师,更是我的益友。

徐国明老师特别的博学多才,他不仅文学造诣很深,而且还练得一手好字画,他著作颇丰,教学论文多获大奖,出版了《语文是根》一书,并收录了他画的 15 幅诗文国画。1995 年,在他 51 岁时,被破格引进到上海华东理工大学附中并被评聘为语文教研组组长(当时上海市引进高级教师人才年龄的最低门槛是 45 岁)。他上课的风格非常的风趣幽默,他真正做到了"把枯燥无味的东西讲得生动有趣而让学生愿意听";他编的《历史朝代歌》,让我把中国上下五千年的朝代记得不错不乱;他编的《化学价歌》,让很多学生记忆犹新;他教育的创新思想、发散思维和联想记忆对学生一生的影响都是深远而有益的!

我读书的时候,家里一直很穷,徐老师夫妇不仅没有拿歧视的眼光看待我,而且以非常温馨和异常温暖的态度对待我。初中时,张美玲老师用缝纫机帮我补过我的破裤子,高中时,他们不仅在分房后把原先的住房让给我到学校住,在冬天,他们还给我烧好开水,到教室里叫我洗漱。我曾经也愚顽懵懂过,是徐老师把他小时候的苦难成长经历分享给我激励我,给我启智开悟,让我受益良多!

师恩难忘!难忘恩师!今天我尝试着用文言文写下这篇《恩师铭》,谨以此铭记徐国明老师夫妇对我的大恩大德!并深切缅怀已于 2011 年 8 月 3 日故去的张美玲老师!祝徐老师健康长寿,如意幸福!

恩师铭（原文）

古人云：一日为师，终身为父。窃以为，吾得国明、美玲等良师并从而学之，乃吾今生之大幸也！晚生能小有今日之成就，均得益蒙惠于恩师之教诲，吾当永生铭记于心！

常记余年幼求学时，恩师夫妇二人对余严爱有加，关怀备至，几近于视如己出，既传余之学业，且授余以事理，令晚生感激涕零，可泣可颂！

恩师之贤德，晚生景仰敬佩之至！恩师道学之高深，晚生虽竭尽全力而无以逾越。

吾尝意欲沉沉，不求闻达，整日混迹游闲，恩师遂鞭辟入里，深入浅出，令吾茅塞顿开，启发心智，拯救吾于泥潭而得重生！

时至今日，每思恩师夫妇二人之所导、所育，学用自如，得心应手，信心倍增，真可谓受用无穷！

然当今之师腐之风日盛，师不教，子不学，平民素养每况愈下，令人扼腕嗟叹！

呜呼！师正学范之梦魂安在？类恩师之学大成者，恐难有后人矣！

虽晚生常恨己之学术不专，故文中所言词难达意，谨以为铭，是以为记。如有冒犯，万望恩师宽怀、见谅！

戊戌孟冬吉日

恩师铭（译文）

老古话说：一日为师，终身为父。而我认为，我能遇到徐国明、张美玲等良师并且能跟随他们去学习，是我今生最大的幸事！我之所以能小有今日的成就，都是得益承蒙于多位恩师的谆谆教诲，我应永生铭记于心！

常记得我年幼求学的时候，恩师徐国明和张美玲夫妇二人对我更是严爱有加，关怀备至，几乎到了视如己出的程度，他们既教导我的文化知识，又传授我要明白做人事理，令我感激备至，可歌可颂！

徐国明老师和张美玲老师的贤德，我是景仰敬佩之至！徐国明老师和张美玲老师教学方法和学识非常高深，我即使是竭尽全力都难以超越。

　　我也曾经意乱沉迷，不思进取，胸无大志，整天游手好闲，虚度时光，是徐国明老师对我进行了鞭辟入里、深入浅出的谈心、谈话，令我茅塞顿开，启发了我的心智，把我从泥潭中拯救出来而获得了重生！

　　就是到了今天，我常常想起徐国明老师和张美玲老师夫妇二人所教和我所学的，让我现在还能学用自如，得心应手，信心倍增，真可以说是受用无穷的！

　　但是当今世上师腐的风气有日渐盛行之势，老师上课时不认真教学，学生在课堂上学不到知识，使得整个国民的素养每况愈下，令人扼腕叹息！

　　唉！"学高为师，身正为范"的精髓思想都体现到哪里去了啊？像徐国明老师和张美玲老师这样的集学识和品格于一身的，恐怕都很难有后来的人了吧！

　　我常常痛恨自己的学术不专，所以，文中所说的会词难达意，谨以此为我对恩师的铭记吧！如果对恩师有冒犯的地方，祈望恩师宽怀、见谅！

2020 年 11 月

（本文获《神州文艺》"我的老师"全国有奖征文三等奖）

聚

——为高中毕业 30 周年聚会而作（嵌入文科班 54 个师生姓名，仿朱自清散文诗《春》）

盼望着，盼望着，羊年的春节来了，毕业聚会的日子近了。

嘉节号"长春"（董长春），人生自"芳华"（俞芳华）。一切都像"美枝"（杨美枝）滋的样子，"石欣然"也抽空来露了脸。大家联系多起来了，群建起来了，师生的心"里真飞"（李征飞）起来了。

"杭瑾、王文龙、袁晓华、孙国平、程龙华、华小平、徐建伟"等原先和同学在群"里没连"（李美莲）起来，渐渐地，慢慢地。同学群里，电话声里，瞧去，一大片一大片满是的。聊着，笑着，打两个诨，爆几个料，搓几场牌，喝几回小酒。人轻飘飘的，心晕乎乎的。

"上官华""帅蔚""张勇""洪志坚""王德伟"，还有"虞冬信"，你不让我，我不让你，都乐开了花赶趟儿。胖的"金火"（吴金火），靓的"汪霞"，高的"根盛"（徐根盛）。心底常带着回忆；闭了眼，群里仿佛已经满是语音，文字，图片。群外三五成群的同学哈哈地笑着，远近的同学串来串去。祖国各地都是：有多数人都认不出的"唐英"，能记上名字的，没记住名字的，留在记忆里，像"长河"（李长河）里的"星星"（章星星），还眨呀眨的。

"相聚'永兴'（夏永新）'纯洁风'（程杰锋）"，不错的，像老师的手抚摸着你，风里带着些高中上课时的气息，混着书本味儿，还有各种活动的安排，都在悄无声息的运作里酝酿。筹委会将聚会安在"雄伟"（熊炜）的富豪假日酒店当中，"陈贵莲"和"唐淑贞"等都从外地也赶回来了，歌后"王菲"卖弄着"耿清"（聂耿清）的歌喉，唱出婉转的曲子，跟一点儿都不"显瘦"（胡显寿）的草帽姐"徐桂花"应和着。凤凰传奇"曾毅"的短笛，这时候也成天嘹亮地响着。

聚是最难得的，三十年一聚就是一两天。可别恼！看，有光碟，有纪念册，有通信录，真实地记录着，还有同学高中毕业"文凭"（刘文平）上"留"（刘）着一层薄纱。人物却记得深刻，"小东"（吴晓东）西也深刻得逼你的眼。晚会时候，有"朱琴芳、肖翠芳、郑国红"等，灯亮了，一"汪通红"（汪东红）的光，烘托出一"锦平"（汪锦平）和而又"丽华"（陈丽华）的夜。在台下，舞台上，桌椅边，有朗诵着"徐国明"老师文章的"陈建新"和跳着热舞的"张雪华"等，这里还有忙着的"汪松根"，拿着话筒，说着串词。他们的话语充满了"文明"（程文明）的"人情"（徐仁琴）味，在会议厅里"振力飞"（郑力飞）着。

天上的一"圆明"（袁明）月升起来了，表演的节目也多了。戏里戏外，男生女生，风格各异，也赶趋似的，一个个都"闻风"（王文峰、华文锋）而来。舒展舒展歌喉，抖擞抖擞精神，各展各的一份才艺去。"师生之情在于聚"，刚起头儿，有的是功夫，有的是希望。

聚会像刚开始的约会，从头到脚都是新的，它生长着。

文科班像小家庭，其乐融融的，想着笑着。

相聚像心灵的鸡汤，有茶一般的浓郁和香醇，流到我们心里去。

2015 羊年春节写"于乐平"（余乐平）

附：原文

春
朱自清

盼望着，盼望着，东风来了，春天的脚步近了。

一切都像刚睡醒的样子，欣欣然张开了眼。山朗润起来了，水涨起来了，太阳的脸红起来了。

小草偷偷地从土里钻出来，嫩嫩的，绿绿的。园子里，田野里，瞧去，一大片一大片满是的。坐着，躺着，打两个滚，踢几脚球，赛几趟跑，捉几回迷藏。风轻悄悄的，草软绵绵的。

桃树、杏树、梨树，你不让我，我不让你，都开满了花赶趟儿。红的像火，粉的像霞，白的像雪。花里带着甜味儿；闭了眼，树上仿佛已经满是桃儿、杏儿、梨儿。花下成千成百的蜜蜂嗡嗡地闹着，大小的蝴蝶飞来飞去。野花遍地是：杂样儿，有名字的，没名字的，散在草丛里，像眼睛，像星星，还眨呀眨的。

"吹面不寒杨柳风"，不错的，像母亲的手抚摸着你。风里带来些新翻的泥土的气息，混着青草味儿，还有各种花的香，都在微微润湿的空气里酝酿。鸟儿将窠巢安在繁花嫩叶当中，高兴起来了，呼朋引伴地卖弄清脆的喉咙，唱出宛转的曲子，与轻风流水应和着。牛背上牧童的短笛，这时候也成天在嘹亮地响。

雨是最寻常的，一下就是三两天。可别恼。看，像牛毛，像花针，像细丝，密密地斜织着，人家屋顶上全笼着一层薄烟。树叶子却绿得发亮，小草也青得逼你的眼。傍晚时候，上灯了，一点点黄晕的光，烘托出一片安静而和平的夜。乡下去，小路上，石桥边，有撑起伞慢慢走着的人；还有地里工作的农夫，披着蓑，戴着笠的。他们的草屋，稀稀疏疏的，在雨里静默着。

天上风筝渐渐多了，地上孩子也多了。城里乡下，家家户户，老老小小，也赶趟儿似的，一个个都出来了。舒活舒活筋骨，抖擞抖擞精神，各做各的一份事去。"一年之计在于春"，刚起头儿，有的是工夫，有的是希望。

春天像刚落地的娃娃，从头到脚都是新的，他生长着。

春天像小姑娘，花枝招展的，笑着，走着。

春天像健壮的青年，有铁一般的胳膊和腰脚，他领着我们上前去。

有一种感恩，很温暖！

——在毕业 30 周年聚会座谈会上的发言

尊敬的徐老师和各位同学：

大家新年好！

首先，我为我今天因工作上的事不得不中途离开而向各位表示歉意！同时，也为没有听到前面几位老师和同学的发言而深感遗憾！

为今天的聚会，我也准备了一个发言，我也非常珍惜这样一次与在座的老师和同学们进行心灵交流和沟通的机会！可能会多占用各位 1 至 2 分钟的时间，在此，也感谢各位的耐心聆听！

今天的天气非常不错，它似乎是非常的善解人意。上午一直是细雨霏霏，似乎是在为为了聚会远道而来的师生洗尘，也为我们这次的成功聚会洗礼！

为了响应大多数同学的热情呼吁和满足各位再叙友情的热切心愿，以及消除师生同学间"少小离家老大回，乡音未改鬓毛衰。师生相见不相识，笑问您是哪一位"的尴尬，今天我们在这里隆重聚会，我提议大家以热烈的掌声对筹委会全体成员及热心同学的积极筹备、热心参与以及对各位的光临表示衷心的感谢和热烈的欢迎！

我今天发言的主题是：有一种感恩，很温暖！

首先我说说我的同学情。

大家从微信段子中都知道，人生四大最铁的朋友关系是：一起吃过糠、一起扛过枪、一起蹲过仓和一起同过窗。同窗指的就是同学关系。人们常说：万事随缘。我个人也十分认同：人生就像面对面的两列火车，各自为了一个冥冥之中的约定，注定会在某个小站停靠，这就是缘分。

记得乐平有句俗话说：妯娌指望妯娌丑，兄弟指望兄弟穷。而同学就会指望同学好。在毕业以后的工作和生活中，当我们听说同学职务提升、岗位晋级、经济实力增强、子女升学等好消息时，都会非常的高兴和欣慰。在某种意义上，我个人认为：同学情论几率胜过夫妻情。因为夫妻情就像林子祥和叶倩文在歌曲《选择》中唱的那样，是"你选择了我，我选择了你，这是我们的选择"，然后才有了一个共同的家。而同学间的缘分，是先有家，这个家就是文科班这个集体，大家在来这个家之前，大多数都互不认识，特别是我，更是从一张白纸开始。

大家可能不知道，为了跟各位成为同学，我从鸣山中学转到了乐平二中。在城乡差别较大的当时，我生怕同学知道我是一个乡下人。因此，高中三年，我是非常自卑与自闭的。所以，同学间也很少有我的留言和照片。在毕业后，我才跟部分同学有些书信往来，并且我每次搬迁，都把同学的照片、信件珍藏起来，视若珍宝，决不废弃。

读高中时，我唯一的想法就是通过高考跳出"农门"，在千军万马过独木桥的时候，勇闯了华山一条路。

参加工作以后，我曾有幸调回乐平农行工作，到乐平农行工作后，我非常珍惜和尊重同学间的情谊，加强了与各位同学的联系。我记得刘文平同学就曾这样说："吴金火到乐平农行工作后，最大贡献就是把我们这些同学粘在了一起！"适逢今年是我们高中毕业30周年，我便有了提议本次同学聚会的想法。自从开始有了聚会的念想以后，我便开始了我的晚睡早起的习惯，我为我们期待的聚会而难眠！我更希望，聚会结束后，不要再开启一段漫漫长夜的不眠之旅。

我接着说说我的师生情。

在乐平二中高中三年，在各位任课老师、同学们的帮助下，我不仅学到了知识，也学到了生活的本领和技能。就像巴金在《爱尔克的灯光》中写的那样，"长宜子孙"的不是给子女以财富，而是以生活技能。原先我的理想就是想做一位光荣的人民教师，做一位像徐老师这样的好老师，把枯燥无味的东西说得生动有趣给学生听，但因我的父亲在我高考前就过早病逝，家庭经济困难，在考上银校后不得不前去就读。

在乐平二中，我不仅学到了知识，也学到了生活的本领和技能，更努力学懂学通了做人的道理，它们带给我一生取之不尽、用之不竭的物质和精神财富。我从高中时毕业照片只能照而无钱去取，到现在能很快实现一些基本的愿望，对我来说，应该也算是一种不小的进步吧！

今天在这里，我给大家透露一个我深藏多年的秘密：我和徐老师的师生情缘是六年，超过各位同学三年。因为我从初中开始，就是徐老师的学生。记得在设置QQ等密码时，常有这样一个提问：你最尊敬的老师是谁？我的回答都是徐国明老师。不仅徐老师是我的恩师，徐老师的爱人也是我的恩师。

人们常说：一日为师，终身为父。我们同学有缘三年同窗共读，对于说长又短的人生来说，在茫茫人海中，相互间能用一段旅程来相伴、重叠，是何等的弥足珍贵！

　　青春年少时，我虽然没有"闺蜜"，没有情世繁华，只有孤独寂寞，但我的心一直怀有感激和感恩。因为各位老师和同学在我的工作和生活上都给予我很多无私的帮助，并包容我的缺点和不足。老师和同学对我的每一个帮助，我都铭记在心。在日常工作生活中，我常记得这样一句话，那就是：记住别人的好，温暖自己的心。人必须懂得感恩和回报，因为只有感恩的心才温暖！

　　新春之际，我祝各位在羊年：工作美洋洋！心情喜洋洋！家庭暖洋洋！我也真诚地希望各位在毕业35年、40年、50年、60年，甚至于更长时间的聚会里，我们都能像灰太狼那样说一句：我还会回来的！

　　我对各位老师和同学的情感只会与日俱增！过去是这样，现在是这样，将来也是这样！各位老师和同学：我会经常想你们的！

　　最后，我以我这次聚会纪念册的同学寄语结束我的发言：毕业阔别三十年，聚会相见俱欢颜。心中常忆师生情，天涯也在咫尺间！

　　谢谢各位！

从行道树的枯死看人性冷漠的恐怖

今年的天气特别异常，几乎成了两极分化之恶劣态势。一开始是冬末春初的严寒，接着是 4 至 6 月的阴雨连绵，到了 6 月中下旬更是达到了新的峰值，长江中下游各地区均遭受了近两百年而难一遇的洪涝灾害，到了 7 至 10 月初，天气又出现了罕见的暑热，高温橙色预警频发，老天爷还惜雨如金，连续三个多月没下过一滴雨，地里庄稼干旱缺水，水稻田里都干裂成龟背状，日常汹涌澎湃的长江在少数河段几乎成了断流，中国第一大淡水湖鄱阳湖也见了河床湖底，干裂的缝隙里成了鱼类最后的避难所，以至于出现了数百人每天可捡鱼上千斤的壮观场景。恶劣天气的影响带给人们生活的危害是触目惊心的，在大自然的面前，人的生命也越发显得卑微和渺小。

尽管天气异常干旱炎热，每天的傍晚时分，我还是会坚持健步的习惯。老天也日复一日地倔强坚持，随处可见街道两旁的行道树也大部分出现了枯萎和干死。有的连片成排，有的是单棵成活多年的高大粗壮树木，其范围之广、数量之多和程度之重，令人扼腕痛惜，特别是在居民闹市区和正常营业的门店前的风景树也未能幸免，让我百思不得其解，且有细思极恐之感。

大家是不是可以跟我一样来做一个这样的试想？

首先，这些美化城市和优化环境的行道树都是政府部门花了大价钱种植的，且多数是桂花树、樟树、白玉兰和银杏等名贵树种。老百姓可能会认为没花上自己的一分钱，就可以漠视其存在。树木也是有生命的，在倡导人与自然和谐共生的今天，植物的生命是不是也应该得到爱护和尊重？

其次，我想，即使天气再恶劣，如果没有人的漠视，这些如行道树一类的植物不至于在人们的众目睽睽之下干枯死去。不知道大家有没有观察到一个很奇怪的现象，那就是城市清洁洒水车越是阴凉的时候越跑得欢，而越是燥热的时候，越看不到洒水车的身影。如果洒水车让行道树在最需要的时候能喝到几滴甘甜的水树会干死吗？

再次，行道树离正常经营的店铺能有几步之遥？我不说"只要人人都献出一点爱，世界将变成美好的人间"这样的话，我只说，如果商业店铺的经营者，多走那么几步，哪怕是把你洗手、洗菜后不要的脏水，倒在可怜的行道树的根部，行道树会干枯而死吗？

最后，我也看到了有部分的行道树旁悬挂有装满水的塑料袋，可惜有些行道树至死都没有喝到近在咫尺的生命之水，因为没有人去帮助它们，哪怕是有人拿上一根小小的牙签，把装有救命水的塑料袋刺破一个小小的针眼都行。有的则是水袋里的水用干了而没有续上，最终也导致了行道树就这么干枯而死。

看到这些，我想这大概就是人性冷漠的悲哀吧。洒水车多跑几趟有多难？端一盆水多走几步有多累？把塑料袋多扎几个针眼会比"司马光砸缸"还悲壮？

看到这些，我不由得想起现实中在一辆公交车上发生的真实故事，一位女乘客由于自己的疏忽大意而坐过了站，而她非得强行要求公交车司机在中途停车让她下车。有行车记录仪显示，在车辆行驶的过程中，她对司机又是掌掴耳光，又是用手机砸司机的头部，而在这整个事件发生的过程中，车厢里另外的17名乘客竟然没有一个人站出来予以制止。谁都不会料想到最为致命的事即将发生，可能因为人性的冷漠让这位司机彻底寒了心，他毅然决然地选择了与这一车麻木不仁的人同归于尽。我想，这位司机他肯定也是上有老、下有小啊！是什么力量让他做出这样"惊天地、泣鬼神"的"壮举"？尽管多数人认为，这另外的17个人是无辜的。但我认为，部分的网传评论也不无道理。

眼下虽已入秋，但依然持续高温少雨，老天爷的固执和坚持，似乎在拷问和考验着人类在大是大非面前的耐性。现在还有不少树木在奄奄一息，等待人们去友情施救，尽管已是枯枝败叶在风中摇曳，可能枝叶也一点就着，但只要还有一点点生命体征，我们是不是就应该不放弃、不抛弃？

人生一世，草木一秋，人死不能复生，花草树木也是一样，苍天不语，万物有灵。让我们都一起来动手，以清凉之水去滋润花草树木干枯的心，以爱心去温暖每个小生命。愿人们不再漠视！愿所有的生命都能被温柔以待！

第八辑：行吟山水

逛臧湾古街偶得

在一个春暖花开的周末假日，我应一挚交之约，驱车到了记忆中的臧湾去释放心情。真的，想要释缓八小时以内的压力和忙碌，到一个远离城市喧嚣的村落去返璞归真，已是近年来所谓的"城市达人"的首选。去远处？假日确实时短迅捷。去近郊？又似乎总在原地转圈。臧湾归来，我深感臧湾古街也值得一游！

和随行的几个朋友一道，西装革履，走在臧湾古街，分明就是一道时空落差的风景，我们轻轻地走着，仿佛置身在现代文明与如烟往事的碰撞和叩击当中，轻轻触摸一砖、一石、一门、一窗，在斑驳的油漆和剥落的尘埃中细细品味历史的厚重。

古街中间的石板路上，现在还有部分远古文明的历史在静静地躺着，任由现代人的马达驱动着文明的橡胶匆匆碾过。透过石板路中间的凹槽，我依稀看见，重利的商人无情地鞭笞着不堪重负的老牛，任凭石板呻吟而扬长而去。我仿佛听见，憨实的壮汉在极力支撑着家的平衡和重托，一乘独轮车上，新过门的小脚媳妇羞涩地笑着、应着，银铃般的笑声在街的两侧回荡、回荡！漾起了年轻后生的心旌，也飘落了怀春女儿的一地艳羡！

最值得一去的绝对还是大夫第古宅，一脚跨过古人曾无数次进出的石阶、门槛，似乎这一步我就已穿越了时空。进得院内，我仿佛就已定格在时光隧道的长河中，在这里，你会与我一样，会切身地感受到：我们现代的文明才智绝对是在圣人先贤们的一思、一虑、一锄、一凿中进化、进步而来的！木雕花窗中，一幅幅繁荣景观惟妙惟肖，栩栩如生。泥塑大缸里，虽呈现了远古与当今的裂痕缝隙，但缸里如墨的泥土，足以让你放飞想象的翅膀。站在房屋中央的天井下，就可静观四季的更替和阴晴圆缺的变化。大体对称的建筑结构，也充分显示了中国古人的美学特点。

现在住在大夫第古宅的其中一户农民大伯是我朋友的一个亲戚，我好奇地问他："您这老屋雨天会漏雨吗？当然，除了天井以外！"这位大伯爽朗地笑着说："不漏啊！漏雨怎么住人啊？如果有漏，我们这里的六家住户会凑钱翻修的！"而后我又问："像这样保存不多的古屋，要维修，政府文物主管部门就没有专项资金拨补？"这位大伯回答："没有！这个真没有！"我为这位农民大伯的诚实、豁达而感动！也为这在风雨飘摇中依然矗立的老屋而颤抖心痛！但愿在我无数次不远的将来，当我再次亲近它时，它依然会坚实存在，而不是在我的心中，也不是在我的记忆中，更不要给未来的子孙后代留下缺憾。

逛臧湾古街，览风霜古宅，既经济又实惠，也无门票之忧，还能回味一段历史，闲暇之时，带上妻儿，可欣然前往。在这里，我也呼吁各位：在欣赏古街的同时，最好也能感受一份责任。为了古屋的宁静、安详，有时，我们是不是也应该多想想，我们能为历史做些什么？我们能为古宅分担些什么？我认为，即使是代表现代财富的纸钞也不能替代秦砖汉瓦的铺垫，我愿是一块砖，我愿是一片瓦，为它遮风挡雨也在所不惜！

但愿已去过和准备去的人，都能像我一样，游览归来，在心中，从此多一份牵挂，多一份思念！

二〇一〇年三月二十一日记

（本文刊登于《瓷都晚报》2010 年 4 月 3 日第 12 版）

太平湖上一璞玉

——故地重游曙光村

无论是说"仁者乐山，智者乐水"，还是说"智者乐山，仁者乐水"，对于我这个土生土长在农村的农家子弟来说，虽然自己经过了"千军万马过独木桥"的努力，终于在被钢筋水泥丛林包围的城市的一角有了一丁点儿的立足之地，但这么多年以来，任时光流转，看尘世烟云，我对自然山水还是情有独钟而初心难改。所以，在亲山近水的多数户外旅游中，我一直是寄情于山水里而忘情于山水间。至少我始终相信：在你每一个涉足过的地方，就像是前世注定，它跟你一定是有情缘的，哪怕是仅有的那么一次！

2018 年 8 月 28 日，应几个高中同学之约，我第一次来到了坐落在安徽太平湖上的黄山区新明乡樵山村的曙光自然村。曙光自然村就在曙光半岛上。初见曙光半岛时，我便惊讶于它的美丽，它朴素自然的美丽！它就像是一弯明月静卧在明静的湖面上，又像是一颗明珠镶嵌在碧绿的翡翠上。在我的心里，有一种好像是一见钟情的怦然心动的美好感觉。因为那天去的目的不是观光旅游，而是陪同学办事，所以，我们几个便匆匆地去了曙光自然村。

初识曙光村，我就好像是东晋武陵人误入桃花源一样。回到家乡以后，不知怎么的，稍有空闲时，便会情不自禁地想起它，就像是王菲在歌曲《传奇》中唱的"只是因为在人群中多看了你一眼/再也没能忘掉你容颜/梦想着偶然能有一天再相见/从此我开始孤单思念"那样，我便时常"想你时你在天边/想你时你在眼前/想你时你在脑海/想你时你在心田……我一直在你身旁从未走远"。当有朋友聊起出游计划时，我便毫不犹豫却又似乎有点不舍地介绍推荐它，就好像是已经婚配的我又遇到了心动的女子，自己为了不为情所困而真心希望她能嫁个好的人家一样。

今年 8 月的一天，我的几位挚交好友突然提出要我带他们去我多次推荐的曙光村看看，就好像是心底的秘密被人一下洞察了，我欣然同意，也就有了我这次的故地重游。

8 月 22 日，天气晴好，我们一行十人都起了个大早，分乘两辆小车，迎着朝霞，向着我心仪的方向顺利进发。因为两年前来过，所以对我来说更是轻车熟路，但因为修路，经过导航引领，两辆车一前一后地在高速和县道上蜿蜒行驶了约三个半小时以后，安全抵达了黄山区新明乡三合村。只见开船来接我们的郑大哥已在码头等候多时了。上得船来，机帆船启动，我们便随着"突、突、突"的马达声在太平湖上缓缓而行，只见群山湖水环抱，碧波荡漾，微风吹过脸颊，身心仿佛一下就轻松了许多。经过一小时的航行，我们平稳地到达了太平湖上的曙光村，月亮形的曙光村就像是张开了双臂，湖上水鸟儿凫飞，鱼儿也不时地跃出水面。我想，这是它们用这种最隆重的方式欢迎我们吧，它们仿佛是在说：你们来了！其实，我们一直在等你们！一种久违的亲近感，让我们似乎立刻就忘记了一路的舟车劳顿。

一走上半岛，走进曙光村，我发现竟然没有了我两年前印象中的影子，映入眼帘的是一幢幢拔地而起的小高楼，不变的是白墙黛瓦、飞檐翘角的徽派建筑依然掩映在青松翠竹和茶园之中，好一派悠闲清静的自然景象。

中午时分，我们一行就被安排在郑大哥的兄弟家里吃饭，吃的是湖里捕的河鲜鱼和农家自己种的菜，虽然算不上佳肴，但绝对可以算是美味，我们一个个胃口大开，连说：好吃！好吃！

因为连续的开车疲劳，加之我一直都有午休的习惯，吃过中饭，大家便和我一样都去午睡休息。一觉醒来，我便在岛上村里的唯一一条主干道上从村头走到村尾，又从村尾走到村头，这样来回走了两趟，我看了一下我的手机微信步数还不到2000步。我一边慢慢地走着，一边拿起手机拍摄一些风景照片，我觉得每个位置和角度都美不胜收，简直就是移步观景，一步一景。本来也还正是暑热季节，但由于村里坐落在三面环湖、一面靠山的半岛上，和风从湖面上迎面吹来，吹在脸上，凉风习习，沁人心脾。

吃过晚饭，大家在村里唯一的一家（也就是一间）KTV里尽情嗨歌，直唱到一壶太平猴魁茶变淡，两大瓶开水告罄，虽然已有点唇干舌燥，大家还有点意犹未尽。因为我们怕影响其他住户，不到十一点的时候，我们就回到了各自的民宿里休息，半岛上的村庄，夜深人静，在一排路灯的映照下，显得更加静谧、温馨。

记得我每次出门旅游，本来就是放松可以多睡一点时间的，可能是有点小兴奋吧，加之有些地方本身就有点喧闹，我总是能醒得很早，而在这安静得出奇的渔岛小村里，我也照样能起个大早。我惊奇地发现，村里没有桃花源里传说中的鸡犬相闻，道路整洁干净，湖水也丝毫不逊于"湖光秋月两相和，潭面无风镜未磨"的胜景境界。

刚移步出户没几步，我见一村民兄弟在洗衣服，他和善主动地与我打招呼，我一问，他还与我同庚，于是，我便开始和他攀谈起来。我问他这个村里怎么这样的清爽和安静。他说，虽然是靠在湖边，但村里各家各户不多的鸡、鸭都是圈养的，你看村里的大路上是没有动物粪便的，现在全村人都不去养狗，唯一的一条黄狗都已经有 10 多年了，并且它即使见了生人也从不叫唤。我问他，你们靠水而居，为什么在家洗衣服？他说，我们村里人很少下河洗衣，大家用的自来水都是山上引下来的山泉水，这样既干净，又可以减少对湖水的直接污染。我深深地为村民的淳朴而感动、折服！

走到村中间，我又遇到了两年前就已年近九旬的郑姓大爷，他还依然是精神矍铄，跟我两年前见到他时几乎没有什么明显的变化。负责村民每天水路进出的他的儿子告诉我，他家如今已经是四世同堂了，因为村里没有学校，他家已在岛外的黄山区买了房，并从小学开始就在那里陪读，这里虽然风景优美，也非常适合养老居住，但家人只是在节假日时才回来小住，尽管我们比岛外的人家经济负担重，但我们都希望孩子能多读书，能风风光光地走出这个半岛和大山。我不禁为这位郑姓大哥的坦然而感怀！

曙光村依山傍水，质朴宁静，风景优美，就像是太平湖上的一块璞玉，俗话说：玉不琢，不成器。曙光村也像是一位待字闺中的大姑娘，她具有一种天然朴素而不施粉黛的自然美。但愿在不久的将来，曙光村能在当地政府及主管部门的关心重视下，焕发出更加迷人的生机，能够走出大山，掀开神秘的面纱和掩饰的盖头而为世人所识，而不是长时间的深闺紧锁！

来太平湖，带着你的念想，或带上一本书，或给你一根鱼竿，你会安静或发呆一整天，你一定会有远离了城市喧闹而回归本真的感觉！

虽然只是间隔了两年的时间，这次重游，我欣喜地看到，岛上的商业气息更浓了，现在，大部分人家都开起了民宿和农家乐，特别是全国各地的钓友们纷至沓来，村民们的生活也更加富裕了！

我相信上帝是公正的，一个曾经被遗忘的世外桃源，它最终还是会被世人记起；我相信历史是公平的，以前欠下的，未来会统统还给它！太平湖上曙光村的村民们也正在用他们的勤劳和智慧，享受着大自然的恩赐和馈赠！

欢愉昼短，寂寞夜长。两天的行程很是短暂，我们很快就要踏上回程。郑大哥又开着他的机帆船把我们送回，船在湖中平稳前行，船后劈开"八"字形的两道波浪，就像是蓝天白云下翱翔的飞鸟张开双翼振翅高飞，把月亮湾上的曙光村和来过的人们都带向幸福的远方！

再见了，太平湖！再见了，曙光村！等着我，有机会我一定还会再来！看你的远嫁，还有你的娇娃……

这些年来，我去过的山山水水也不少，但想去两次以上的地方也不多。近两年，出于个人的兴趣爱好，我也码了一些文字，但写游记真的不多，今天一时兴起，随意写下这些，谨以此记下心中一份曾经的念想和美好！

山高人为峰　缘分"天柱"定

——小记天柱山两日游

　　我身为江西人，与安徽毗邻而居，早就听说天柱山是 5A 级的世界地质公园，它因独特的自然美景而著称，是安徽省的三大名山之一。

　　2018 年 8 月 11 日，我与朋友一行五人都起了个大早，开车沿着高速一路平缓而行，中午时分便来到了位于安徽省潜山县的天柱山风景区。稍事休整，下午，我们便急不可待地先去附近的大峡谷游玩。大峡谷里森林茂密，植被丰厚，山清水秀，自然美景，美不胜收。游兴正浓，同行的朋友说："明天要去爬天柱山，运动量很大的，我们今天还是早点回去休息比较好。"于是，我们只好就此作罢，回到住处休息。

　　第二天一早，天刚蒙蒙亮，为了避开早上高峰期开车进入景区，我们听从了宾馆老板的建议，趁景区管理人员还没上班，就把车开到了天柱山景区的脚下。我们一行五人从早上六点半就开始攀登天柱山，到下午一点半才下山，差不多走了七小时，真不知走了多少个台阶，我手机微信运动步数显示近 23000 步，这也算是挑战了我人生的一次极限了！

　　经过攀登天柱山，我们用脚步验证了毛主席诗里"无限风光在险峰"的高阔境界，也体会了"山高人为峰"的成就美感，也感受了汪国真写的"没有比人更高的山，没有比脚更长的路"的深刻意境。

　　人与人之间最远的距离是心与心之间的距离，我们还是应该趁年轻的时候，多出去走走，用我们不懈的努力和不变的真诚，去走进每个人内心的深处！

　　这次爬天柱山，我之所以能爬完全程，动力有四：

　　1. 同伴的关心。他们都说，既然来了，就一起去走走吧！我们不走回头路的。

　　2. 游客的鼓励。我每次问游客："到终点还有多长的路？"他们都说："快了！快了！"

　　3. 美景的吸引。移步观景，一步一景。

　　4. 榜样的激励。同一天在山顶，有幸遇到年龄两极的游客，一个是年逾八旬的老奶奶，她满面春风，堪称"天柱峰上一轻松"。另一个是襁褓中的婴儿，由于山风自由呼啸，他爸给遮住了脸，所以看不出婴儿的性别和年龄，不管怎样，他们也都会和我一样，可以自豪地说：天柱山我也去过。

欣然作诗一首，以示纪念！

人生如果可选择

一切可以回到从前

我会把人间的美景赏遍

把餐桌上的珍馐吃够

行走在山水间

果腹于齿颊里

掬一抔山泉水

甜醉在心头

吃一碗农家饭

香气溢满楼

愿做山中客

时光久可留

忘却世间事

无处有烦忧

邂逅宁绍书院碑石记

一次很偶然的机会，在景德镇市公安局车辆停管大队的大院内，我有幸有缘得见一碑石，上书有《宁绍书院碑记》。该碑石是在现景德镇市公安局后院进行基建时被挖出而得以重见天日的，当时该碑石被一个市民作为护栏用于隔离开荒的菜园地，横着一半埋在土中，另一半则露出地面上，埋在土中的部分字迹反而清晰可辨，而露出地面的部分因长时间的风吹日晒和雨淋而变得模糊难辨。我认真抄录了全文，几经识别、纠改，共851个字，该碑石距今约有129年的历史，原文为文言文，还有繁体和异体生僻字，几乎是无标点，我给其进行了断句、点了标点至1007字，并进行了直译。后又有幸得到昌江区从事地方志研究的专家、长芗书院洪东亮院长对碑文中几处关键字句的点拨和赐教，文意更见明朗。我还到了碑记中所记的前后地址去实地寻访，还去了景德镇云门公园山顶上的云门书院，考察与其有无关联，但收效甚微。

该碑文记载的信息量很大，现将碑文相关历史事件及价值补记如下：

1. 它佐证了在清代，景德镇还是归浮梁县管辖。景德镇陶瓷自宋代以来，在清代依然是一样的鼎盛。

2. 反映了宁波府和绍兴府合并为一郡的史实，现浙江宁波下辖的余姚市就在宁绍平原上。

3. 该碑文不仅记载了宁绍书院几经兴废的前后过程，还包括很多捐资人员的确切姓名，很有纪念意义，而且还有景德镇相关的历史事件记载，很有史学参考价值。

4. 值得欣慰的是该碑石有幸得到市公安局车辆停管大队和汪翼锋大队长的重视和保护，现又重新在车辆停管大队大院内傲然矗立。汪队长告诉我们，为更好地保护该碑石，免得它再被曝晒和风化，不久的将来，停管大队还将为该碑石筹建一个凉亭。我想这也是该碑石最好的归宿吧！为景德镇市车辆停管大队及汪队长的善举点赞并表示敬意！

附：宁绍书院碑记（原文）

　　中国陶器之美著于江西，江西陶器之美又聚于浮梁之景德镇，夫以一镇之器，供天下之人之用，宜商运者云集辐辏，无一行省无人。而吾浙宁、绍两郡尤称极盛，宁、绍既连郡，故其交视他郡之人为密。今夫人安居伏处，足不出里闾，其于乡党之人，或淡焉漠焉及去而远适，则向所淡焉漠焉者亲而附之矣！其去益远，则向所尤淡焉漠焉者，亦亲而附之矣！人喜类聚，本情之自然，此会馆之设所由来也。

　　宁、绍之客景德镇有志于此者，不能改其缘始。乾、嘉之际，曾附建三元殿于般若庵东，偏置有田亩，年久废失。道、咸间，鄞人胡绮南商诸同人，有两郡合建会馆之议，而以抽厘谋储蓄，乃除赁屋外，少有盈余，适遭兵燹①，事又废去。同治初，以前置陈家岭栈屋改建，公所规模太狭，而向者抽厘之数积久，稍充，咸思扩而大，议出，而两郡之人无不允洽，鄞人李君耐三念世业之故，本蓄有是心，遂慨然出钜款以速其成，诸同人亦乐为伙助②，于是购得孝子衕③基地，相度经营始于光绪五年，越五寒暑而竣事，既美既固，为屋凡十有（余）楹，譙④、叙、庖⑤、湢⑥之所，悉备中设。

　　武帝神位恪恭祀事，是役也，鄞人张君永祥既解囊金，又为悉心擘画，不辞劳瘁，严君芝泉等或任其赞襄，或互为商榷，协衷成事，其功不没也！余因之有感焉！

　　昔自粤贼倡乱，蔓延东南，咸丰五年进犯景德镇，罗、毕诸公皆极力攻剿，未能猝拔，至九年，曾忠襄公以三战克之，十一年，贼又叠次进犯，左文襄公亦三战克之，而境始肃清，夫蹂躏至五六年之久，其地之景象岂可言状？今者商民复业，百废具举，欲问昔年之战迹，几不能复言，而诸君得以从容宴会，叙述乡情，试念其何由至此，不益将感戴神惠而颂！

　　圣天子德泽相忘于不知也哉！余自辛卯承命视学江西，张君等以书来请记

---

① 兵燹（音铣）：战争纵火。
② 伙助：该词现少用，意即帮助。
③ 衕：胡同、里弄。
④ 譙：宴会。
⑤ 庖：厨房。
⑥ 湢：澡堂。

其会馆颠末，余既嘉李君慷慨好施，不忘先业，张君辈又各敦崇气谊，推其亲附之情以及两郡皆不可以无言。今按临饶州，去景德镇二百里而近，遂抒其所欲道俾其之石，而凡助资协力有功于是役者，亦仿碑阴之例，皆得附书云。

赐进士出身、翰林院编修、国史馆协修提督、江西全省学政：

盛炳纬　谨撰

大桃二等即用教谕江纪道（碑石上模糊难辨，"纪道"两字为猜读）敬书

光绪十七年岁在辛卯仲秋月　日立

宁绍书院碑记（译文）

中国陶瓷的精美以江西的最为出名，而江西陶瓷的精美以浮梁的景德镇最为出名，能以一个小镇的器具而供天下的人使用，适宜销售和调运的人都云集于此，辐射到周边，无一遗漏，各省无处能有人如此。而我们浙江宁波府和绍兴府更是特别兴盛，宁波府和绍兴府已经合为一郡，所以，他们也很重视结交其他地方的人，关系也较为密切。现如今，人们也（喜欢）深居简出，足不出户，邻里之间的乡党之人，相互之间非常淡漠因不来往而逐渐疏远，正好以前相互淡漠的人现在又亲近而互相依附了！而不来往的则更加疏远，所以，原先还很淡漠的人，有的也开始变得亲近依附了！人都喜欢以同兴趣而类聚，本来就是人的自然之性情，这就是会馆之设所的由来。

客居在景德镇且有志于设会馆之所的宁波和绍兴人，始终没有改变他们最初的想法。在乾隆、嘉庆年间，他们就曾经在般若庵（景德镇有此地名）的东面附建三元殿，在旁边还买有田亩，由于时间久远而废弃失修。道光、咸丰年间，宁波人胡绮南与同道中人商量，达成两郡都来合建会馆的意见，于是以抽取厘金的形式而设法积蓄，除房屋租金外，盈余不多，刚巧又遇到战乱就放弃了。同治年初，他们又拿出以前购置的位于陈家岭（现中山南路51号附近）的栈屋来改建，书院会馆的规模太小，而以前抽取厘金所得之数也已积蓄好久，稍微有点充裕，都想着要把它扩大，意见一出，而宁波、绍兴两郡的人都没有一个人不同意的，宁波人李耐深念祖业的缘故，本来就有这个想法，于是就慷慨地拿出巨款，以促其快速建成，各位同道中人也很乐意为他提供赞助，于是买了孝子弄（地名：孝子胡同，原"宁波会馆"旧址，在现御窑厂东门头一带，市公安局迁址前曾坐落于此）的一块地基，动工大约开始在光绪五年（1879），经过了五年时间而完工，建成以后，既美观又牢固，该屋共有十余间，宴会厅、

会客厅、厨房、澡堂等,都在其中一一设置齐备。

各位先帝神位参拜祭典的这些事,有宁波人张永祥既解囊相助了钱款,又为书院会馆悉心擘画,不辞辛苦劳累,严芝泉等有的随意赞助,有的互相商榷,充分协商促成此事,也功不可没,我也因为他而深有感慨!

以前自从广东乱贼(太平军)猖獗而蔓延到东南一带以来,咸丰五年(1855)开始进犯景德镇,罗泽南、毕金科(均为曾国藩部下)等人都极力抵抗,但没有成功,到咸丰九年(1859),忠襄公曾国荃以三战之役成功制伏乱贼,咸丰十一年(1861),乱贼又多次进犯,文襄公左宗棠也以三战之役成功制伏,从此,境内乱贼开始全部肃清,但摧残达五六年之久,当地之景象用言语哪里能说得出?现如今商民恢复开业,百废俱兴,要问当年战火惨烈的样子,几乎无人能再说得出来,现在,两郡的人又得以从容宴会,畅叙乡情,试想是什么原因能做到这样,真的是不胜称颂感激戴德于神灵的恩惠之至!

把圣上天子的恩德福泽都忘记就不知道是什么人了!我从辛卯年(1891)接受任命在江西督学,张永祥等人寄书信来,让我给记载这个会馆兴废的前后经过,我很敬佩李耐的慷慨好施、不忘先业的精神,张永祥这一辈人个个崇尚气节情谊,我也认为要推崇他们的亲附之情以及两郡之人的情谊都不能没有字句。我现正在巡视饶州,到景德镇只有二百里这么近的距离,于是,我就把他们所想要说的写出来并叫人刻在碑石之上,而且对凡是助资协力此项建设有功之人,也仿照碑阴(刻在背面)的惯例,都要附书并写上。

赐进士出身、翰林院编修、国史馆协修提督、江西全省学政:

盛炳纬　谨撰

大桃二等即用教谕江纪道敬书
光绪十七年(1891)农历八月　日立

相关字句及史实补注:

碑记作者简介:盛炳纬(1856—1931),字省传、养园,镇海城区人。光绪五年(1879)乡试中举,次年(1880)中进士(赐进士:进士第二名,有多人),授翰林院编修。1885年,任提督四川学政,1891年任江西学政(相当于现在的教育厅厅长)。

碑文上提及的清朝皇帝顺序:

乾隆(1736—1795)

嘉庆(1796—1820)

道光(1821—1850)

咸丰(1851—1861)

同治（1862—1874）

光绪（1875—1908）

由于书院的兴起，学风昌盛，据史书记载：书院设立前后，仅宁波、绍兴一带，科举及第的人数就呈几十倍乃至上百倍增长。所以，也可想象当时书院的规模和书香学风。这是当今社会需要努力学习和效仿的！

因本人水平有限，加之时间仓促，暂不能神会尽解该碑文全意，文中定有不妥之处，恳请有这方面史学知识的专家和各位文人雅士不吝赐教！我将虚怀以待……

（本文刊登于《浮梁历史文化研究》2021年第4期）

我与一座城市的初恋

平心而论，但凡每一个身心健康且心智健全的人，少年时可能都会有过一段刻骨铭心的初恋。初恋是单纯的爱，是纯洁的爱，有人为初恋竭尽全力而修成了正果，也有人纵然是放不下，却迫不得已地离开。总之，初恋是人生第一朵绽开的鲜花，如初升的朝阳一样美好，初恋是每个人心底最深切的回忆。而今天我要说的是我与一座城市的情缘故事，它让我对它有了初恋一样的感觉。

——题记

这座城市现在已是我的第二故乡了，因为我至今已经在这座城市里工作、学习和生活了36个年头了。我在这里从热血青年到成家立业，在工作上也慢慢成长和逐渐进步，这座城市带给我及家人更多的感受是从陌生到熟悉、又从熟悉到血脉交融而难舍难分了！

而在我来这座城市之前，我的老家跟它虽然同在一个省，但不归这个地市管辖。

那是在1981年我刚满14岁，正读初二，暑假补课的时候，在徐国明老师的带领下，我第一次来到了这座城市，那时候还不敢有旅游的说法，只是说到这里来开开眼界和长长见识。因为大家都要坐车、吃饭和住宿，所以，班上每个同学都还要另交2元6角钱。一开始我想我爸可能不会同意我去，那天下午，我爸从搬运公司下班一到家，我就赶紧给他倒上一碗凉茶并送到他的手上，在他坐在家门口晒场上吃稀饭的时候，我又拿着一把蒲扇在旁边使劲给他打扇，我爸一开始可能就觉得这个小儿子平时就乖的，后来好像感觉出今天哪里不正常了，似乎觉察出我有什么另外的用意和企图。于是，我爸问我："你是不是没考好或者是犯了什么错？"我说："我才不会呢！"我爸又说："那就是你今天又有什么事要我答应你？"听我爸这么一说，我才会心地笑着说："爹爹真聪明！我还真有事，看你会不会答应。事情是这样的，学校老师要带我们出去玩，还要交钱，你说我可以去不？"于是，我爸就问了我要去哪里，要交多少钱。我就把目的地和金额说了，我爸听了，很高兴地说："好啊！我只听说过那里，我也没有去过，我今天刚关了晌（家乡话，即发了工资），我一共给你5块钱，除了交的钱，现在天气热，你还可以买冰棒吃和买汽水喝。"就这样，我戴着一顶草帽和两件换洗的衣服就出发了，从此，开心地与这座城市有了第一次的缘分接触。

我小的时候，家里很穷，根本不敢想自己还能有出远门的机会，这次出行，还让我第一次坐上了火车。那时候虽说是火车，但还是绿皮慢车，如果用现在的视角来看，那可真的是名副其实的慢，全程总共才 44 公里的路程，一路上还要停靠 4 个站，全程耗时将近 4 小时，但我们当时的想法不是这车太慢，而是这钱花得太值！因为我们那时候认为耗时越长，就是享受的时间越多，而且还可以长时间地透过车窗观赏沿途的风景，并且还一点都不感觉到天气的炎热。

一下火车，我们又第一次坐上了由两节长长的车厢连在一起的长龙式的公交车，但我觉得这座城市的公交车比火车开得还快，总共坐了 4 站，还经过了火车铁轨下的涵洞，前后才不到 30 分钟。不过人被挤得简直都透不过气来，让你想从缝隙里看一看窗外的风景都变得不可能。

好不容易被挤着下了公交车，我们一行浩浩荡荡地在大街上走着，有的指着高楼啧啧称奇，有的看着人群和车流连连称赞。走着走着，大家很快就来到了这座城市的最高学府。因为正值暑假，这里的大学生大多已离校，为了帮我们省钱和让大家体验大学生的学习和生活，我们的徐老师就联系在这里就读的他的学生，把我们按男生和女生分开安排在两个教室里睡觉。那时候的大学教室里就已经有了日光灯和吊扇，这些都让我们感觉到新奇，大家都不觉得坐车的劳累而兴奋得大半夜都睡不着觉。

接下来的几天，我们每天都起个大早，徐老师更是不辞辛苦，带领我们这些从未出过远门的农村孩子到各个著名大厂去参观学习，我们亲眼见识了一个产品从原料到成品的生产全流程，每一件产品都精美到极致，令人叹为观止！

短短几天的参观学习，让我们大开眼界，宽敞整洁的街道、琳琅满目的商品给我们留下了非常难忘的记忆！那时候我就想，我要是长大了能到这座城市里工作那该多好啊！可命运真的就是这么神奇，这座城市仿佛跟我真的就是前生有约、今世有缘。

1985 年高考，我最终幸运地被江西银行学校农村金融专业录取，也就在两年前，我的家乡被划归到了这座城市管辖，毕业后，我竟然被分配到了这座城市管辖的一个区的农行网点工作。因为离家路途遥远，每个月休假回家，我都要在这座城市的汽车站中转换乘，虽然我六年前曾经来过这里，但经过了这么多年的变化和发展，加之我一直都在农村长大，从未见过世面而胆小怯弱，我始终觉得这座城市很大、很大,每次从它的身边路过,我都是来去匆匆,从不敢轻易地去打搅它。在我的心底,它仿佛就是一座围城,我生怕一走进去就再也无法忍心抽身离去。

经过多年的工作努力,我工作的地点也与它越来越靠近,最后在 2011 年 8 月,我终于被调到了这座城市的市分行工作,这让我欣喜不已!因为工作的关系,我还经常出入在这座城市的著名高等学府里,我想,虽然我没能考上这个大学,但很多年前我就在这个大学的教室里跟其他男同学一起打过通铺,现在,我还可以用自己所学的业务知识和专业技能为这座城市的著名高等学府提供优质高效的金融服务!

我与这座城市的情缘就像是一场发自内心的初恋,从年少最初的一见钟情到青春少年的暗许终身,到最后的相守一生。为了让它也同样青睐于我,我不懈努力而付出了我最大的精气神。我至今仍然记得我的父亲答应我去这座城市时的神情,尽管他没有看到我考上大学并且再也无法来到这座城市,但在我的心底,已经实现和弥补了我父亲一生都没有来过这座城市的遗憾,如果他老人家在天有灵,我想他也会开心满足而了无牵挂了!一座城市,寄托了我父亲一生的期待,也一定会倾注我和家人乃至今后无数代人深深的情爱。

我初恋的这座城市就是世界瓷都景德镇,而我的故乡是在江西的乐平,它是 1983 年从上饶市划归到景德镇市管辖的。这里,粉尘小,噪声低,绿化率高,是一座一走下飞机舷梯就可以做深呼吸的城市;这里,物产丰富,山清水秀,人杰地灵,被誉为瓷之源、茶之乡、林之海,是首批中国天然氧吧城市;这里,交通条件便利,高铁、航空、高速、水运四通八达,让"匠从八方来,器成天下走"成为一道道亮丽的风景。这座城市著名的最高学府就是景德镇陶瓷大学,它的前身是景德镇陶瓷学院,我们暑假时参观的各著名大厂就是当时的十大瓷厂,这里的产品当然就是世界闻名的"白如玉、薄如纸、明如镜、声如磬"的精美瓷器。现在,陶瓷、茶叶、航空和旅游已成为它主要的支柱产业和城市名片。

人的一生,可能都会是从故乡到异乡,又从异乡到故乡这样来回漂泊,而我把我初恋的这个异乡爱恋成了我的第二故乡,今后,它也会成为我的家人及后代的故乡。不管它是否接纳了我,我已经融入了它的血脉里,我和我家人每天快乐地生活在它的怀抱里,感到无比的开心和幸福!至少我也将继续守在它的身边,与它一起成长、进步!为它的健康、持续、有效的发展而助威、自豪!

(本文登载于《神州文艺》)

童年野炊逸趣

有一天，我的孙子跟我说，他幼儿园又要组织出去野餐了，我就问他："那你是带米还是带锅？"他说："带米、带锅干嘛呀？我妈会全部买好的。"原来他们的野餐都是不用做的，只是大家一起坐在草地上，把各自带来的食品都放在户外防潮垫上分享着吃而已。看着这些，又让我情不自禁地想起我童年时的野炊来。

我童年时的野炊全部是要自己动手做的，而且是事先有策划、行动有计划、职责有细化的，整个过程当中，人人都是主角，做到全员动手、全程参与，没有一个人是可以袖手旁观的，也没有一个人是可以坐等吃闲饭的。我们那一代人小时候家里都穷，所以，根本就不可能也无法想象能有现成的食品去买而组织的野餐。

如果有人提议想出去野炊了，我们几个同住一幢老屋的小伙伴会秘密约好晚上以捉迷藏的名义聚在一起商量。为防止消息外传，我们野炊的人数一般都不多，每次都是5~6人，时间都是安排在第二天的午后，地点不用说，大家都知道是经常去的老抽水机站下面的树林里。

到了第二天中午，我们几个就都说不饿吃不下饭，先装午睡，然后趁大人午睡后，一个个就按照定好的分工，你带锅，我带米，他带腊猪油和食盐偷偷地出门，菜是不用带的，全靠就地取材，偷是不敢的，食材只能是捡别人家拔掉而丢在路边枯藤上没摘干净的辣椒、茄子、瓠子、南瓜等。一到野炊的现场，大家就都拿出各自所带的炊具、柴米油盐和捡来的各种蔬菜，开始热火朝天地行动起来。有的到河里打水，有的捡柴火，有的开始打地灶。打地灶是要选地形的，为了方便架锅，一般在斜坡上挖，生火时用晒干了的稻草引火，柴火就烧捡来的干枯树枝。我三哥钓鱼的技术好，一般都是负责到河边现钓，我知道，他的鱼竿一般是不拿回家的，而是挖一条细长的浅沟，把鱼竿埋在里面，为防止别人偷用，然后用草皮盖上，以备自己出来野炊时取用。那时候，我家乡的乐安河水很清，清澈到可以看到水里的鱼，正像柳宗元在《小石潭记》中写的"潭中鱼可百许头，皆若空游无所依"那样，不像人们常说的"水至清则无鱼"。当然，看见河里有鱼很是惊喜，但看似无鱼而又钓上鱼更是惊喜。我哥钓鱼很少打空手，几乎每次都能做到现场钓鱼现场煮，保证大家野炊有鱼吃。如果人数稍多一两个的时候，还会有人去钓青蛙或捉泥鳅，菜品和风味会更加丰盛独特。

紧张的分工合作差不多完成了，大家一个个也都累得满头大汗，主厨也成了白居易在《卖炭翁》里写的"满面尘灰烟火色，两鬓苍苍十指黑"了。等饭菜上齐，大家就拿出各自带来的碗筷，面对这样的"饕餮盛宴"，大家都迫不及待地大块朵颐。说实话，现在想起来，主厨的厨艺肯定没有妈妈炒的饭菜好吃，可不知道怎么的，大家一个个都吃得津津有味，可能是因为我们平时在家里很少吃到这些，所以，野炊也算是加餐打牙祭了。

野餐后，每个人都十分知足地抹抹嘴角，似乎还是意犹未尽的感觉。大家一边说笑着，一边又一起把锅碗瓢盆拿到河里去洗，因为正是暑天下午最热的时候，多数人干脆脱了衣服跳进河里泡个澡，溅起的水花一浪高过一浪，波涛声和着吆喝声一阵接着一阵，整个河面上久久荡漾着喜悦的欢笑……

每次野炊后，我们隔段时间就会心里痒痒，但组织一次也不容易，再说了，如果经常去野炊，被长辈们知道了，那也是一件不得了的事，轻则要罚站，重则是要屁股开花的。

虽然已经过去了这么多年，但童年时的野炊里那种大自然的味道一直在我的心底回荡，让我终生难忘。现在的儿童虽然幸福，但没有我们儿时的那种快乐了！

第九辑：工作印记

我的农行情结

我从小生在农村，长在农村，看着父辈兄长们面朝黄土背朝天地辛勤劳作，从我渐渐懂事时候起，就暗下决心，一定要好好读书，跳出"农门"。也许我这一生注定与"农"字有解不开的情缘。

1985 年高考那年，在千军万马过独木桥的时候，我挤进了江西银行学校，然而欣慰之余不免又有些惆怅，因为所学的是农村金融专业。毕业以后，受惠于当时的国家政策，被分配到农业银行工作，接着又被调派到农村基层营业所工作，整天忙着储蓄和收放农贷，为农民朋友服务。后来，经单位推荐，我参加全国成人高考，考上的又是江西农业大学，所学的也还是农村金融专业。我想，既然此生冥冥之中已有定数，也就只好随风随愿了。

带着一丝缱绻的书生意气，带着家乡父老的深情嘱咐，1987 年 5 月，我有幸成为农行这个大家庭中的一员。我感到既惊喜又自豪，同时让我感受最深的更是一份责任。在我成长成熟的人生旅程中，农行就像一位宽厚仁慈的母亲，每时每刻地在以她博大的胸怀关爱着我、呵护着我。

中国农业银行，我一生不解的情结。

农行教我正派做人

在农业银行工作，是一件多么令人羡慕的事情，面对成千上万花花绿绿的钞票，有人禁不起它的诱惑，成了阶下囚。通过定期或不定期对安全保卫案例的学习，使我懂得了不少做人的道理，也坚定了我要正派做人的原则，在长期的实际工作中，理智时常告诉我：要做到常在河边走，就是不湿鞋。

在我做内勤的时候，面对储户，我始终满面春风，以真诚周到的服务温暖着每一位储户的心，让储户开心而来，放心而归。因为责任告诉我：你就是农行的一扇窗、一面镜、一杆旗。

在农村信贷岗位上，我与农民交朋友，做农民朋友的贴心人，把国家"向农业倾斜"的政策送上户、做到家，使不少农民朋友脱了贫、致了富，让他们真正沐浴在国家政策的温暖春风里。对少数钉子户和赖账户，我将满腔的愤懑化为正义的工作动力，因为谁侵犯了我们农行的利益，谁就侵犯了我们农行每一位员工的利益，农行与我们是息息相关、唇齿相依的。

在农行工作，时间愈久，感触愈深，农业银行给了我一生取之不尽、用之不竭的正派做人的源泉和资本。

农行为我当家理财

在农行工作的人，个个是居家过日子精明强干的行家里手，接触农行或去深入了解农行，您也一定会受益匪浅。因为要成为农行人，你首先就必须是农行的忠诚客户，就必须是农行金融产品业务的引领和参与实践者，如参加储蓄，既可以利于您安排日常生活，又可以便于国家聚集闲散资金，您不仅可以获得可观的利息收入，又为国家经济建设尽了一份心，出了一份力，这样利国利己的事，您又何乐而不为呢。参加农行储蓄，您就不必为家中钱是否安全所担心和考虑了，如果万一存单存折被盗，您只需先打一个电话，而后亲自到农行办理一下挂失手续，剩下的事一切都由农行人来为您办理，包您一百个放心、满意。如果您正计划某一时期购置某一大件家电，或为子女入学、婚嫁考虑，而您又是一位月收入较为稳定者，您可以参加农行零存整取储蓄，到时您就可以胸有成竹，心里不慌。如果你暂时手头从紧，通过办理约定的合规手续，您可以得到农行开办的大宗消费信贷的支持，如个人住房按揭贷款等，使您"花明天的钱办今天的事"的梦想成为现实。我也是这样，通过每年的零存整取储蓄，现在日用家电基本上购齐了，还略有结余，在当家理财上，农行帮了我的大忙。不信，您也可以试试。

现在，我们农行还开办了多种代理业务，如代发工资、代收电费、电话费、煤气费、代客理财等。只要您授权于农行，您就可以享受这项高效、安全的服务，免去了您查询、排队、跑路等一系列烦恼。目前，我们农行开办的代理保险、第三方存管和基金托管业务已初具规模，并受到代理委托单位和客户的普遍欢迎，给收费、缴费和理财各方带来了极大便利和收益。可以说，我们农行真正是您值得信赖的朋友。

农行是我温暖的家

农行不仅教我正派做人，而且为我当家理财，使我有了一个温暖的家。

记得我刚进农行的时候，由于人生地不熟，语言又不通，业务学习很是吃力，营业所老会计硬是操着生硬的普通话，手把手地教会我农行业务，为我以后调县农行做会计辅导员打下了坚实的业务基础。在生活上，大家亲如一家，他们有的为我浆衣洗被，有的送我时鲜蔬菜，让我在工作生活上无后顾之忧。虽然现在工作调动了，有时回原来工作过的营业所看看，大家依然是那么熟悉、那么可亲。

我的妻子原先在乡镇企业做财会工作，1991 年 5 月，承蒙农行领导的关心和爱护，农行又敞开她温暖的怀抱，接纳我妻子做了一名储蓄代办员，使我的家庭生活更加安定，我的心里也踏实多了，为农行干工作的劲头也更足了。

农行不仅关心我们在职员工，对农行家属和离退休老干部也非常爱护：每年"六·一"儿童节，组织上为独生子女发放玩具和书籍，送去了对下一代的关心和呵护；每年重阳节，组织上召开离退休老干部联谊会，畅谈规划，共绘蓝图，使离退休老干部觉得：夕阳无限好，哪恐近黄昏；每年春节，组织上还对老干部进行慰问，钱物虽少，但组织上的温暖在每个老干部的心里是沉甸甸的。我们农行每年为干部职工家属解决的实际困难真是数不胜数、不胜枚举。

对于农行人，家的温暖是没有地域之分的，记得考上江西农大（成教函授）那年，正值暑假，我挈妻携子一行三人到省城南昌报到，从农大报到回来，不觉天色已晚，这时在哪住宿我心里还没底，跑了几家大饭店，妻均嫌价格太贵，一时僵持不下，后来还是儿子机灵："爸，我们到农行去住。"一句话说得我豁然开朗，车到省农行，看到熟悉的行徽和特型字体的"中国农业银行"行名，一种到家的亲切感便油然而生，食宿安排价格还超乎想象的便宜。农行招待所一位服务员一句"农行本是一家亲"的朴实话语道出了我内心深处的感受。因此，今后不管我出差到哪里，我都会想到去附近的农行歇歇脚，这真是：到了农行就到了家。

农行是我生命的全部

现在，农行恢复成立也快40周年了，这正如人生的青壮年时期，表明我们农行已进入一个朝气蓬勃、意气风发的年代。近年来，我们农行取得了一个又一个辉煌的胜利，存、贷款市场占有份额不断攀升。支援国家大型经济建设，我们农行在四大国有商业银行中也起着不可或缺的作用，在1998年百年不遇的洪水和2008年汶川地震赈灾活动中，我们农行也伸出了援助之手，表达了我们全体农行人的拳拳爱心。尽管我们农行在业务经营发展的路上会有这样或那样的困难，但我们农行人坚信，这只是暂时的，用我们农行人的赤子之心，一定会与我们共有的家园——农行共克时艰，我们农行的明天一定会更加美好、更加辉煌！

面对已脱贫致富的农民朋友一张张纯朴的笑脸，我们感到无比的欣慰，我们可以这样无愧地说：我们做了应该做的；面对正在脱贫或急待致富的农民朋友一双双期待的目光，我们感到肩上的担子还很重，我们可以这样坦诚地说：关注"三农"，服务"三农"，农行客户生活奔小康，我们农行为您保驾护航。

由于我们的实际工作，我们为农行客户解决了不少难题，而农行客户是最具人情味的群体，他们有的把存款账户全部转进了农行，有的拿出土特产品来感谢我们，而我们只能委婉地说："业务支持是对我们农行最大的感谢。"

今后的路还很漫长，未来的岁月必将是与农行风雨同舟、和衷共济的岁月。

情系农行，我今生无悔！

（本文刊登于《景德镇金融》2015年第1期）

依托关键产业 创新重点产品

——赴××分行取经学习"三农"金融业务随感

一直听闻××分行近几年的农户金融业务开展得风生水起，有声有色，在业内传为美名。为学习××分行农户金融营销的先进经验，理清我行农户金融的业务发展思路，充分发挥农户金融经营效益的联动作用，促进我行农户金融业务更快、更好地发展，2016 年 3 月 16 日至 18 日，在市分行陈行长、分管业务李副行长的工作指示和指派下，三农金融部总经理吴金火率本部业务骨干与辖属两个县域支行分管"三农"业务副行长及"三农"业务部门经理组成的学习考察组，专程赴××分行及××、××支行学习考察农户金融业务的发展工作。在本次的考察学习过程中，我们认真听取了××分行及××、××支行的经验介绍，与当地行领导和主要部门负责同志进行了深入的交流和探讨，并实地调阅了有典型经验的信贷档案资料。通过学习考察，我们既找到了差距，增强了加快农户金融业务发展的紧迫感，又开阔了视野，进一步明确了工作思路，深感受益匪浅。

一、××分行及××、××支行的基本做法和经验

（一）整合市场资源，做大做强农户金融

××市及××县、××区在江西并不能算作是县域经济很活跃的地区，××分行及××、××支行通过资源整合和管理体制与运行机制创新，实现了农户金融业务的快速发展。至 2015 年年底，××分行农户贷款余额 28 亿元，当年净增 7 亿元，占全省新增的 78%。

××分行在资源整合和管理体制与运行机制创新中主要把握了以下三点：一是树立正确的指导思想。××分行一个鲜明的指导思想就是：依托关键产业，创新重点产品。对农户金融资源进行整合是为了集约利用农户金融客户资源以推动整体银行业务经营的快速发展。二是确定清晰的工作思路。坚持从市场出发，找准农户金融产品的核心竞争力和卖点，依托产品优势开展市场竞争，改变县域农村行信贷业务散、小、弱的状况。三是抓好每一个工作环节。前、后台部门密切配合，既分工又协作，落实客户经理的奖励考核措施等。

（二）加强政银合作，强力开拓客户市场

认真听取××分行分管农户金融业务的副行长介绍，××分行农户金融业务得以长足发展的重要原因是各县、区政府及主管部门的重视与合作，在高层推动和政银合作上非常的畅通和愉快，也因此实现了政、银、企及各条线客户的多方共赢，取得了"业务发展好，风险控制好，客户评价好，政银关系好"的良好效果。比如，××县人民政府为推动做好精准扶贫工作，提出了产业扶贫和政策扶贫的设想，与农行现有的金融扶贫政策一拍即合，及时与××农行签订了《金融精准扶贫框架协议》，并由县财政局、扶贫办、发改委、金融局与县农行签订《"银政扶贫信贷通"财政风险补偿金管理协议》，通过发行政府信托基金和光伏扶贫贷等一系列信贷产品，极大地推动了政银合作与业务发展，现××县在农行的财政存款就高达 7 亿多元，在当地金融机构中份额第一，将金融业务带入"农行发展，客户增收"的良性循环当中。

（三）提高工作效率，不断创新特色产品

××分行作为大地市分行，有 20 多个一级县、区支行，前、后台人员并不多，但整体运作好，工作效率高，他们组织独立审批人集中审批农户金融业务，做到了迅速、快捷。

为适应当地经济发展的特点，××分行勇于探索和创新，在省分行条线主管部门的大力支持下，适时研发和推出了多项针对性、实用性均很强的特色信贷产品，诸如油茶贷、脐橙贷、烟叶贷、粮农贷、葡萄贷、光伏贷等。

为做好农户光伏贷，他们变双人上户调查为以镇村为单位集中办理，真正做到了"农户贷款批发做"，起到了事半功倍的效果！

（四）不断更新观念，提高市场运作能力

××分行坚持把客户当作市场来经营，把产品作为一个资本平台来运作，通过奖励考核措施的落实，大大提高了信贷人员办贷的工作积极性，做到了两个创新：一是工作主动性创新，由于限时服务和市场需要，农户经理一般做到白天调查，晚上做报告材料，再来不及，星期六、星期天就主动加班。二是考核措施创新，目前，××分行取消了其他条线的产品计价，唯独保留了农户金融业务的考核计价，通过与绩效工作挂钩考核，让员工看到劳有所得、多劳多得。实际上，我们考核的相关政策在某种程度上，力度还更大，还更具吸引力，在与××分行辖属支行—农户经理交流时，他说："像你们这样大的考核奖励力度，再不做业务，那就是跟钱过意不去了！"

二、××分行、××县、××区三地主要做法给我们的启示

认真思考××分行、××县、××区"三地"农户金融业务的发展历程和基本经验，我们可以从中得到不少有益的启示。

一是加快农户金融业务发展，必须把市场理念贯穿于整个工作始终。农户金融业务已进入了充分市场竞争的发展时期，必须摒弃计划经济的模式，农户金融业务的经营和管理要严格按照市场经济规律的要求来开展，不然，就难有作为。在资源整合的方式上，要以市场为主导方向，通过搞好农户金融业务的发展，发挥其效益联动作用，带动其他业务品种辐射发展。

二是加快农户金融业务发展，必须坚持走开放办贷的道路。农户金融业务区域化、规模化发展趋势不可逆转，那种关起门来办业务，实行封闭式运行的做法是不可取的，也难以实现迅速做大做强农户金融贷业务的目标。必须按照"整体运作、分工协作"的原则，坚持市场运作，解开"慎贷、惧贷、拒贷"的思想桎梏，实行开放办贷，以大开放促大发展。

三是加快农户金融业务发展，必须突出宣传营销这个重中之重。农户金融业务也是一个需要通过宣传才能做大做强的市场业务，宣传营销始终是其工作环节中极其重要的一环。××分行短时间实现农户金融业务的历史性跨越，主要得益于狠抓了宣传营销。

四是加快农户金融业务发展，必须紧紧抓住小额农户特色信贷业务发展这个关键。必须抓住主要矛盾，集中精力，做足做精做透农户金融业务的文章，以农户金融业务的做大做强促进我行整体经营效益的快速发展。

本次的考察学习在市行党委的关怀下得以成行，也得到了××分行及××县、××区支行的热情接待。本次考察学习的目的很明确，关键还在于学以致用，可能我们不一定能学到很多精髓，可能还会有纰漏，但我们可以在实际业务操作中锻炼提高，即使是照猫画虎，也不仅仅是要做得像，而且还要不走样！

一元复始万木春

——记景德镇农行驻乐平市名口镇朱坞村第一书记华元春

采访手记：2020 年 7 月 8 日星期三下午，笔者打电话给农行景德镇分行驻乐平名口镇朱坞村第一书记华元春，说想去采访她一下。她说："村里涨大水，我正在抗洪一线呢！你就不要写我了，我没什么可写的，我所做的都是我喜欢做的！都是我应该做的！今天没时间多说了。"然后，她就匆匆地挂断了电话，随后，她用微信给我发来一段 4 秒钟的小视频，还加了一句"村里的桥（被水淹得）都不见了"。看着在这个危急时刻，还一心想着贫困户而不顾个人安危的华书记，听着她诚实朴素的语言，我已深深地被感动！

近日，笔者再次走进名口镇朱坞村，我看到了朱坞村和村里贫困户不一样的变化，走近华元春，我也确实看到了不一样的驻村第一书记的风采。

华元春同志原是农行景德镇分行银行卡部副经理，2017 年 8 月，她二话没说，就服从组织安排到乐平市名口镇朱坞村任扶贫驻村第一书记，至今已有四个年头了。担任朱坞村第一书记以来，她始终坚持把习近平总书记关于精准扶贫、精准脱贫战略思想记在心上，按照江西省委、景德镇市委、乐平市委以及名口镇党委关于脱贫攻坚工作的统一部署，紧扣"两不愁、三保障"的总体目标，把"六个精准"的工作要求落实在日常工作行动上。

自开展驻村帮扶以来，华元春不辞辛劳，扎实开展各项驻村帮扶工作，获得了群众的一致好评。2017 年度，她光荣地被评为"景德镇市优秀第一书记"。2018 年度，朱坞村被评为"名口镇基层先进党支部"。2019 年度，她本人又被光荣地上报到农行江西省分行推选驻村帮扶工作"先进个人"。2020 年度，她又光荣地被评为名口镇"优秀党员"。

平凡之中显精神

景德镇农行驻乐平名口镇朱坞村第一书记华元春平时话语不多，但说起单位挂点帮扶的朱坞村的 16 户 39 人贫困户的情况,她就能跟你娓娓道来,如数家珍。

去过名口镇朱坞村的人都知道,这个村是乐平市最偏远的村之一,它紧临上饶的德兴市,离乐平城区有 40 多公里的路程,就连单位结对帮扶的副科以上干部每月一次到村里对贫困户进行上门走访时,都常叹"长路漫漫",而华元春作为驻村第一书记,她始终坚持扎实开展精准扶贫工作,带头做到到岗到位,履职尽责到位。她严格按照驻村帮扶相关文件要求,深入基层俯下身子,扎实工作不做样子,严格做到吃住在村里,不做"走读生",在这条经常被重车轧得坑坑洼洼的县道上,她不知道自己已经来回了多少趟,灰尘大不说,她还总是开着自家的车往返,轮胎都不知道被扎破了多少回。

为推动扶贫政策落地生根,她注重加大宣传和对接力度,通过集中讲解、上户宣传、帮扶对接等方式,帮助困难群众了解政策。制定帮扶措施,通过分析致贫原因,对扶贫对象逐户确立帮扶项目,建立脱贫规划明白卡、台账,明确帮扶责任单位、帮扶人员。2017 年以来,扶贫工作取得多项实效,如为村里解决公益性工作岗位 4 人;积极组织开展对贫困户评级授信工作,共 11 人被评为 B 级以上;对贫困户张某根给予全市首笔 3 万元的贴息贷款用于家庭养殖,充分调动了贫困户的积极性;目前已有 7 户贫困户享受了安居扶贫的帮扶;按照动态管理的要求,依照整户纳入的政策,2017 年 8 月有 5 户新增 10 人,共为全村 16 户 38 人办理了健康扶贫与保障扶贫业务,教育扶贫政策惠及 4 户 7 人。朱坞村原来没有村集体收入,从 2017 年华元春担任驻村第一书记以来,朱坞村陆续发展了各项集体经济,一是光伏产业,截至目前,朱坞村的光伏产业已完工安装了 148.28 千瓦,平均每户每年增加近 3000 元收入;二是充分应用金融服务优势,对贫困户采取"合作社+贫困户"的模式,实行"产业+金融"信贷扶贫,积极帮扶农村产业,以此带动增产增收,目前,朱坞村 16 户贫困户全部与相关的企业签订了帮扶协议,享受到了"产业+金融"分红政策。

每月或在端午、中秋、春节等重要节假日里,她定期或不定期地组织原单位结对帮扶干部对贫困户进行走访,并送上棉被、衣物、大米、食用油等生活必需品。

2019 年下半年,她得知原单位要更新一批办公桌椅,而原先的有些桌椅还是很坚固可用的,如果被闲置或低价处置还是非常可惜的,于是,她积极与单位主要领导汇报联系并取得支持,将那些办公桌椅全部无偿地捐给了村委会和贫困户。这样,各方既节约了开支,减少了浪费,又有效地综合利用了资源,可谓一举多得!

危难之中显身手

2020 年春天，一场名为新冠病毒的疫情自武汉暴发并在全国迅速蔓延，景德镇农行驻村第一书记华元春也敏感地意识到疫情形势的严重性，想到朱坞村离城区那么远，医疗条件又差，如果疫情蔓延，情况就会糟糕得难以想象。本来正是农历新年放假休息的时间，虽然平时也难得与家人团聚，但她还顾不上刚出生不久的孙女，匆匆安排好家里的人和事，就立刻动身回到朱坞村。一到村里，华元春迅速部署落实在进村路口实行封闭式设卡管理，对所有外来人员逐户逐个进行排查，做好详细询问、造册登记和体温检测等工作，确保不错不漏全覆盖，布下了疫情防控的铜墙铁壁和安全网。

因为疫情形势危急，村民很快就出现了防疫物资和生活必需品严重短缺的情况，于是，华元春又紧急向景德镇分行党委汇报联系，2 月 13 日，景德镇农行为朱坞村贫困户送来了一整车的一次性医用口罩、方便面、八宝粥、矿泉水等。紧接着，她又在第一时间进行了上门分发，还耐心地宣传解释疫情防控的知识，她告诉大家："疫情可防不可怕。"有效地消除了村民们对疫情的恐惧心理。大家都说："是华书记想到了我们！是农行救了我们！"

最后，村里没出现一例确诊或疑似病例，直到疫情基本得到平稳控制后，她才拖着疲惫的身子，满脸疲倦地回到家里。她的家人看到，既心疼，又都知道她的脾气而没办法，只能安慰着责怪她："你的贫困户要紧，家人就不要紧了？你对扶贫工作为什么要这么拼啊？"她只是微笑着说："今天总算可以在家里睡个安稳觉了。"

关键之中显担当

有人说，2020 年注定是不平凡的一年，且不说国际形势是如何的风云变幻，单说一开春的新冠病毒疫情就让人不寒而栗，在疫情基本得到平稳控制后，一到下半年，老天爷就好像是为谁伤悲一样而大雨不停，到了 7 月初，日降水量屡超历史峰值，7 月 7 日晚，景德镇各市县区全线告急！本身就处在低洼地段的名口镇朱坞村更是首当其冲而不能幸免，大水来势汹汹，顷刻间，田被水淹了，桥被冲毁了，整个村里立刻变成了水乡泽国，一片汪洋。此时此刻，灾情就是命令！第一书记华元春来不及多想，她立刻就跟村主任一起撑着竹筏，首先来到贫困户余某枝家中，如她预想的一样，余某枝家里早已经被泡在齐腰深的水中，年迈体弱的余某枝哭喊着，见到华书记他们来了，她似乎一下就像是吃了定心丸一样，感觉到心里安稳有底了。第一书记华元春首先想到的是生命至上，救人要紧，于是，她顾不上自身的安全，就不由分说直接淌着深水先把因全身已经湿透而瑟瑟发抖的余某枝抱到竹筏上，把她安全转移并安置在地势较高的村委会的一个房间里。然后，他们又马不停蹄地去到情况危急的一家又一家，直到一户户都被转移安置到安全地带，她才发现自己全身的衣服，已经不知是被雨水，还是被汗水浸透了，村民们看在眼里，一个个无不动容而热泪盈眶！

细微之中显情怀

朱坞村驻村第一书记华元春常说："贫困户的冷暖无小事。只有沉下身子，与贫困户做心贴心的交流，把贫困户当作自家的亲人，想贫困户之所想，急贫困户之所急，这样，才能取得贫困户的充分理解和信任。"2018 年年关将至，由于受非洲猪瘟疫情影响，乐平市场上土猪肉价格出现低迷，朱坞村土猪养殖贫困户张某根一筹莫展，华元春了解情况后，第一时间摸清贫困户土猪存栏数量，及时向景德镇分行领导汇报，建议采取"消费扶贫"的方式，动员全行员工认购，大家纷纷响应，一次性共认购贫困户的猪肉及蔗糖、鸭蛋、土鸡等其他农产品总价就达到了 22 万余元。她还积极联系景德镇市场，帮助 7 户贫困户将 13 头生猪全部销售出去，有效地缓解了贫困户的燃眉之急。

朱坞村精准贫困户吴某灵，长期以来与父母及哥哥一家八口人一同挤在一间瓦房里。瓦房年久失修，房屋主体结构靠木棍支撑，几乎已是摇摇欲坠。华元春了解情况后，主动找到吴某灵，向他宣传国家安居扶贫的政策，鼓励他对旧房进行改造。起初，吴某灵还是心存疑虑，担心没有资金来源，华元春又给他联系了景德镇农行，积极为他筹措了 2 万元帮扶资金用于启动旧房改造，加上国家安居扶贫危改资金 2.5 万元，2017 年，吴某灵顺利地新建了一层砖混结构的住房，并于 2017 年年底搬入了新居。而且，2018 年通过全家人的努力，在原一层平房的基础上加盖了一层，彻底解决了一家住房难的问题。现在，贫困户吴某灵逢人就说："这一切，多亏了华书记帮忙，如果搁以前，这住房改造的事，我连想都不敢想啊！"

在贫困户许某仂的心底一直有个结，这个结就是他有个不仅脚有残疾而且还智障的妹妹已经失散多年了，他天天念叨着，总盼着有一天妹妹能回家与他团聚，这事让新来不久的驻村第一书记华元春知道了，她不仅记在了心里，而且还利用收集整理的各种线索，通过自己的人脉资源和多种媒介渠道去苦苦找寻。功夫不负有心人！2019 年，在华书记的热心帮助下，终于在浙江温州找到了他已经失散多年的妹妹许某妹，她还为他们申请并办理好了每人每月各 400 元的最高额的低保补助金。亲人相见，感慨万千！许某仍和妹妹许某妹都齐声说，感谢华书记！感谢共产党！

每逢贫困户生病住院，驻村第一书记华元春都是第一时间忙前跑后地与医院协调联系，每次还要自掏腰包买上水果和营养品等，前去探望和慰问，并积极帮助贫困户报销外出看病的每一分钱费用。贫困户王某子的母亲由于不幸罹患尿毒症多年而经常需要做血透治疗，每次也都是她与医院联系安排，王某子的母亲都说："华书记对我比我闺女对我还要好！她给我提供的是比保姆还要好的服务。"

在名口镇朱坞村，关于驻村第一书记华元春为贫困户做好事、做实事的例子还有很多，真的是不胜枚举。

工作之中显党性

自担任驻村第一书记以来，华元春始终不忘自己是一名共产党员，始终不忘自己肩上的担子和责任。在日常的扶贫帮扶工作中，她特别注重加强发挥党的政策宣传作用，适时采取宣讲会、座谈会的方式，大力宣传党的脱贫攻坚政策，不仅讲深、讲透，更有效地把党的政策推动落实到每一个贫困户的心中。她坚持抓党建，促扶贫，大力加强村支部建设，认真组织全村党员按时参加党会、党课，把村级党组织建设列入扶贫帮扶工作的重要工作内容中，组织和指导村支部党员严格落实"三会一课"制度，进一步凸显村级党组织在服务群众、维护稳定、促进发展中的坚强战斗堡垒作用。

为方便日常工作的开展，她及时向景德镇农行领导请求支援，共为村里添置了 2 台电脑、1 台打印机、1 台复印机和 4 台空调等办公设备，建设成立了党群活动中心、村史馆、廉政走廊等，现在，村委会面貌焕然一新，在 2020 年乐平市组织的乡村建设大巡查中获得了好评。

2019 年，她还组织召开了两次感恩教育活动，让贫困户自己在检查自身不足的同时，也看到和发现别人的进步，并评出先进典型人员参加镇里组织的感恩大会。本着扶贫先扶智的原则，她组织人员到朱坞小学进行"珍爱征信"等教育，让他们从小树立正确的人生观、价值观，并为建档立卡贫困户子女及上学期优秀学生赠送了书包、作业本等学习用品，受到了村民们的一致好评。

精准施策扶贫，发挥引导作用，积极推动本村"四个一"的建设，坚持为民办实事。她审时度势，在她的倡议下，朱坞村成立了第一个蛋鸭养殖合作社，让全村建档立卡贫困户加入合作社的创业扶贫基地中来。虽然自己身为女性，但她带领其他村干部和村民一起，硬是把废弃多年的80亩荒山野地开垦成基地，目前已完成山地平整和两年期油茶幼苗的种植，今后油茶基地产生收益的60%将用于扶贫。她说，通过驻村与村民的近距离接触，实实在在地密切了干群关系，收获了村民对党和国家一份沉甸甸的信任。

随着时间的推移、时代的进步和国家一直不变的扶贫帮扶的政策实施，通过驻村第一书记华元春的工作努力，目前，名口镇朱坞村的16户39人贫困户均已提前实现了2020年全面脱贫的目标！

面对取得的工作成绩，华元春并没有骄傲和满足，她说，一花独放不是春，万紫千红春满园。站在扶贫帮扶工作即将岁月交替的当口，是她让朱坞村的贫困户们又看到了"一元复始万木春"的美好前景，前方的路，一定会越走越宽！未来的路，也一定是迈向幸福的康庄大道！

采访后记：我跟华元春说："现在，预定的工作目标也已实现了，那你以后不就没事做了？"她说："你不知道，扶贫工作是'脱贫不脱政策'的！虽然贫困户实现了脱贫，但全部都还是要继续帮扶的。"我说："你在这么艰苦的驻村扶贫岗位一干就是四个年头，并且一直没换过，你就没想过跟领导申请再回市分行机关工作？"她说："不管组织上怎么安排，只要工作需要和领导信任，我会在这个岗位上无怨无悔地一直干下去！"采访结束，对于第一书记华元春对驻村扶贫工作所持有的情结、所表现的情怀和所付出的担当，我除了感动，还有的就是敬佩！

（本文发表在2020年7月19日《网易新闻》《一点资讯》等多个网络平台，并获江西省农行主题文化作品三等奖）

让青春的阳光照进农行的未来

——以农行××支行青年员工思想政治工作动态为例

摘要：青年员工是公司企业的新鲜血液，关心、关注和关爱他们，以岗位历练和培养成长促进他们健康成才和发展是 2021 年青年员工思想政治工作的重要课题。2021 年青年员工思想政治工作课题研究工作以习近平新时代中国特色社会主义思想为指导，深入贯彻党的十九大和十九届二中、三中、四中、五中全会精神，学习贯彻习近平总书记关于宣传思想文化工作的重要思想，学习贯彻党中央关于加强思想政治工作的决策部署，增强"四个意识"，坚定"四个自信"，做到"两个维护"，立足新发展阶段、贯彻新发展理念、构建新发展战局，突出庆祝中国共产党成立 100 周年这一主题，以高度的政治自觉积极融入党史学习教育中，坚持正确政治方向，积极担当作为，推动新时代农业银行思想政治工作创新。

关键词：青年员工；思想政治工作；调研

一、调研工作开展情况

根据中国金融思想政治工作研究会相关课题研究的工作布置，结合基层农行业务实际和农总行《2021 年思想政治工作课题研究参考题》的相关要求，笔者在调研选题的 20 个参考课题的方向或框架内进行，现结合本行自身情况，拟选定第 5 个参考课题，即"农业银行加强对年轻干部和青年员工的思想淬炼、政治历练、实践锻炼、专业训练，让他们更好肩负起新时代的职责和使命的调查研究"开展研究。本着调查研究要紧密联系农行工作实际的要求，从 2021 年 6 月 30 日起，笔者多次采用到××市分行、××市支行和网点实地调研、与青年员工集体座谈和个别访谈、问卷调查、案例分析、专题研讨等多种调研方式，做到了定量和定性相结合，努力做到抓住本质、说明问题、找到办法，提出有关对策建议。

二、调研的基本情况

（一）机构和人员情况

1. 机构设置情况：截至目前，××市支行本部设综合管理部和业务管理部两个部门，下辖 10 个物理营业网点，分别为 1 个营业部、4 个二级支行、5 个分理处、6 个离行式自助网点。

2. 人员情况：截至 2021 年 6 月末，全行共有员工 244 人，其中在岗员工 140 人（本部 16 人、网点 121 人、退二线 3 人）；离退休员工 104 人（退休 99 人、内退 5 人）。其中年龄最大的 59 岁，年龄最小的 23 岁。

3. 支部建设情况：××市支行共有在职正式党员 70 人，预备党员 2 人，入党积极分子 3 人。支行党委下设 9 个支部，分别是支行机关党支部、支行营业部党支部、4 个二级支行党支部、第一联合党支部、第二联合党支部、老干部党支部。截至 2021 年 6 月末，二级支行行长均为党员且兼任支部书记，覆盖率达 100%，运营主管党员覆盖率为 80%。

4. 青年员工总体情况：××支行在岗员工 140 人中，年龄在 35 岁（含）及以下青年员工有 39 人，占比 27.86%。青年员工中，男性 21 人，占比 53.85%，女性 18 人，占比 46.15%。个人政治面貌方面，有党员和预备党员 19 人，团员 15 人，群众 5 人。在文化程度方面，按全日制学历来算，有：硕士研究生 3 人，大学本科双学士 1 人，大学本科 31 人，大专 3 人，中专 1 人；通过在职进修提升学历：硕士研究生 1 人，大学本科 4 人。大学本科以上学历为 39 人，呈现出青年员工全部高学历的良好态势。在专业技术职称方面，有：中级职称 2 人，助理级职称 16 人；在岗位安排上，有：副行长及行长助理 4 人，网点主任 8 人，副主任 1 人，内勤行长 1 人；在岗位设置上，除副行长及行长助理 4 人外，支行机关部室 2 人，其余 33 人均在基层网点一线工作。39 位青年员工，均为 2009 年 7 月 6 日以后进入农行工作，最晚的为 2020 年 8 月 4 日。

三、思想动态现状及问题分析

按照调研选题的方向或框架，现结合选定课题现场调研第一手获悉的相关情况，对年轻干部和青年员工的思想动态分思想淬炼、政治历练、实践锻炼、专业训练四个方面进行阐述。

（一）思想淬炼方面——他们相信：世间自有公道，付出终有回报。

有现代哲人认为：思想是行为的先导，态度决定高度，格局决定结局。在走访和座谈中，我深切感受到现代青年员工思想所特有的多变性、灵活性和先进性，他们有不愧于这一时代的闯劲和干劲，在实际工作中，多数人都有不怕苦、不怕累的精神，当他们遇到工作或心理上的困难和疑惑时，他们一般都会选择相信组织而找到领导倾诉、谈心以解决困难和解开心结。行领导也会到网点或以青年座谈的形式与员工进行一些思想上的交流，虽然次数不多，特别是青年员工之间最直接的交流少，但他们多数人还是坚定地认为，现在农行工作的整体氛围还是非常的团结和谐的，尽管岗位竞争、职务晋升等都非常激烈，尽管他们也认为，相对的不公平会在一定范围内不同程度的存在，但他们还是始终相信，只要个人的努力，组织上就会看到和关心，就会有进步，而且愿意坚信，世间自有公道，付出终有回报。

（二）政治历练方面——内心独白：明明白白我的心！

作为当代青年，他们是幸运的。他们有着上几代人的宠爱，而没有他们上几代人的艰辛，他们几乎全都是在和平的阳光雨露的照耀滋润下茁壮成长起来的，他们有知识，有头脑，更有思想和韧劲，他们都有着一颗渴望被认可和进步的心。在工作上，他们积极认真地边学边做，在困难中不断改进，对职业未来充满了期待和希望。他们相信，只要坚定地做好本职工作，属于自己的自然迟早都会到来！在政治上，他们也非常热切地积极要求进步，在笔者访谈的11位青年员工中，有10位都是未婚青年，他们认为，成家立业都是他们应该考虑的事，但立业相对于成家更重要。他们之中，绝大部分人都已经向党组织表达和递交了入党志愿和申请，他们也时常在心底独白，渴盼党组织能"明明白白我的心"！

（三）实践锻炼方面——曾经疑惑：我是不是该安静地离开？

在日常工作中，由于现实社会的残酷，他们时常也会表现出不同程度的心理浮躁，有的缺乏精神追求，有的甚至会在道德理想中迷失，看着同龄人或差不多时间进入农行的人都有了晋升和进步，面对激烈的社会竞争，有的渴望组织能给予他们更多的岗位尝试和锻炼提高的机会。近几年，××市支行青年员工离职情况也时有发生。主要原因是：日常作息都是早出晚归，白天相对工作时间长，工作任务压力大，从而产生多重疲劳和重复厌烦感。不过多数人还是会认为，目前就业压力大，想找一份既体面又舒适的工作也是非常之难的，在金融部门工作，工作条件不差，社会形象和社会地位不低，目前的薪资也还满意。尽管有过"我是不是该安静地离开"的疑惑，但他们最终还是选择留下！

（四）专业训练方面——心生感叹：想说爱你也不是容易的事！

随着社会经济的迅猛发展，金融行业也面临着异常激烈的业务竞争，各家金融机构也纷纷从业务产品、科技手段、服务方式等领域进行开拓创新，因此，专业训练是必不可少的。因为白天要进行日常的柜面业务工作，所以，金融行业的专业训练一般只能选择业余时间或晚间集中进行。因为白天日常的柜面业务工作的劳累，加上去参加培训途中的舟车劳顿，他们往往会形成厌倦对抗而产生抵触情绪，有时会因培训时理论知识多、实践操作少而效果差，他们更希望能多开展一些诸如户外拓展、团队营销等话术技巧的训练，在实践和实际操作中锻炼提高。他们也希望在业务培训的形式上能够灵活多样，如集中时间的课堂培训、邮件提示及文件学习等。面对本职工作和自己将来的担当和责任，他们也心生感叹：想说爱你也不是容易的事！

四、关于青年思想政治工作的建议和思考

青年时期，是每个人一生中最富有朝气和梦想的阶段，也是人生"三观"尚未完全牢固确立的阶段，多数人正处于"转型期"，可塑性很强，需要社会和各级行领导的关怀和培养。特别要重视和加强青年员工的思想政治工作，这不仅是党的青年工作的重要内容，更是青年一代自身成长和经济、社会发展的需要。

当前，世界经济格局正面临着百年未有的变化，广大青年员工的思想也呈现出多元化和复杂化的趋势，一系列新现象、新情况、新问题层出不穷。如何做好新形势下青年的思想政治工作，值得思想政治工作者认真去思考。

（一）提高对青年员工思想政治工作的目标性

要抓好青年员工的政治思想教育工作，行业内部领导说得最多的就是"统一思想"，该如何"统一思想"？笔者认为，首先就是要敢于搅动思想，就像是重新洗牌一样，首先要认真听取各方意见和建议，及时梳理，分析存在问题的症结，找出切实可行的解决方法。其次要针对青年员工的思想特点和特性，多开展以爱国、爱行、爱家为主题的农行企业文化教育，使广大青年员工树立正确的世界观、人生观、价值观，激发青年员工开拓进取、无私奉献的敬业精神和良好的职业道德，培养青年员工爱行、爱岗的敬业精神。

（二）强化对青年员工思想政治工作的榜样性

要积极引导广大青年加强学习，多向身边的先进典型学习，在实践工作中放飞远大的青春梦想，书写壮丽的人生篇章。要认真听取和了解青年员工的意见、建议和要求，并及时处理和反馈给员工，鼓励青年员工发挥和发扬自己的聪明才智，为农行的业务发展献计献策，增强青年员工的主人翁意识。建立良好的用人机制，不仅是留得住青年员工的人，更要留得住青年员工的心。

（三）提高对青年员工思想政治工作的可行性

要引导广大青年掌握和提高发现问题、分析问题及解决问题的能力，在工作实践中，不断提升自身的文化素养和综合业务能力。各级行领导干部对提高青年员工思想政治工作的重视不应只简单地停留在口头上，更应该切实地落实在日常的工作行动中，切忌搞形式、走过场，更应强实质，出实效，尽量满足他们在多岗位的业务实践中锻炼提高的工作需求。要引导广大青年修身养性，培养高尚的情趣和爱好。

（四）突出对青年员工思想政治工作的针对性

要引导广大青年成为有理想、有本领、有担当的新时代青年，要加强青年员工的"家文化"建设，增强青年员工的认同感、归属感和荣誉感。行领导要俯下身子，多下基层切实关心一线青年员工的成长和成才，多多听取他们的所欲所求，给予他们以充分的人文关怀，努力形成一种民主、团结、和谐、向上的氛围，增强主人翁意识和社会责任感。

五、结束语

随着时间的积累，目前，绝大部分处于一线岗位的青年员工已逐步成为全行业务发展的中坚力量，对于这个充满青春活力和朝气蓬勃的团体而言，他们的职业生涯像初春的阳光，和煦温暖，他们也有着随时随地经历风雨的思想准备和坚强意志，当然，他们更希望行领导能够从关心员工的成长和发展角度出发，加大培养力度，多给业务锻炼和社会实践机会，畅通公平竞争和职务晋升渠道，让他们在舒心的工作氛围中快乐成长。

访谈结束，匆匆成稿，掩卷沉思，现在的年轻人已完全不同于我们上几个年代的人了，这是社会进步的发展和必然，他们没有我们上几个年代人沧桑的质感，他们有的是我们上几个年代人少有的热情和力量，他们头脑灵活，思想活跃，心态阳光，处处散发着青春的正能量。他们的脸上看似稚嫩，但他们的内心却是异常的热烈，他们也渴望长大，也想有张成熟的脸，并且能与自己的业务能力、文化素养和个人素质匹配起来，让服务的客户感到更加可信！

青年是未来的希望，青年是希望的未来；青年是温暖的阳光，青年是阳光的温暖。金融行业的未来和希望，要靠这些有为的青年来接力、担当，让青春的阳光照进农行的未来！愿青春的阳光照亮农行的未来！

那年春节我值班

在每个人对节日的记忆中，对春节的记忆想必都是非常深刻的。参加工作以后，过年时因工作需要而必须在单位值班，也都是经常遇到而似乎是再平常不过的事情。我至今还记得参加工作的第一年春节在营业网点值班的情景，可以说是让我终生难忘的！

1987 年 5 月 5 日，我从江西银行学校农村金融专业一毕业，就被安排到我完全陌生的景德镇市原蛟潭区办事处经公桥营业所实习，两个月的实习期满转正后，便直接分配在实习地参加农行工作。我是江西乐平人，从家到原蛟潭区办事处经公桥营业所有 120 多公里的路程，每个月休假回家，因为还要在景德镇中途转车，如果时间衔接空档不大，途中来回差不多也要花上两天的时间。因为相隔的距离很远，我刚到原蛟潭区办事处经公桥营业所实习工作时，首先遇到的就是语言障碍问题。说实话，本来我的语言能力还算不错的，但我当时对当地人说的话，不要讲怎么去说，就是听都无法听得懂。在学习和办理业务时，或许他们不知道我是外地人，或许他们就是不习惯或不喜欢说普通话，即使我用普通话跟他们交流，他们依然说着自己的家乡话，让我很是茫然！

因为人生地不熟，加之举目无亲且语言不通，工作之余，我无处可去，除了回家休假。一开始约有大半年的时间，我都很少走出营业所院子的大门。随着工作学习的积累，时间也过得很快，转眼就到了 1988 年，快过春节了，我早就盘算着如何回家过年，可以说，虽然还没到放假的日子，但我的心已飞回到了日思夜想的乐平家里。

一年一度的春节终于到了，因为当时还没有实行像现如今这样的中心库和库包的押运管理，营业所也都还留有现金库存，每天晚上还必须安排有人值班守库，但我没想到连过年都还需要有人值班。终于临近春节了，为了安排过年值班的事，老主任专门组织召开了当时正合署办公的营业所和信用社全体员工参加的会议。会上，老主任说了值班人员安排的议题后，要求大家认真讨论并提出最后的决定意见。一开始，大家都沉默着不说话，我当时心里就想：过年总不会安排我值班吧？一是我刚参加工作，而且还是外地人；二是我还没恋爱成家，离家远；三是父亲去世时间不长，母亲年事已高。大家沉默了一段时间，眼看着夜已经较晚了，有人终于开口了，但都是说了很多自己今年不能值班的事实理由。见实在安排不下去，老主任不得已说话了，他说："过年了，谁还不想回家过年呢？哪个人的家里过年还没点事呢？既然安排不下去，我看还是抽签决定吧！"听老主任这么一说，就有两个人立刻反对，他们都说，去年过年是他们值的班，如果今年又抽到值班的签，这样不公平！也有人说："要抽签就一起抽，不管去年是不是安排了值班，再说了，我虽然今年调到这个所里来了，但我去年过年还在原来的所里值了班呢！"

会议开到很晚，最后也没讨论出一个结果，见大家一直这样僵持下去也不是个事，我当时也不知道是作为年轻人想表现还是哪来的勇气，竟然对大家说："大家还是都回家过年吧！值班的事，还是由我来吧！"大家听我这么一说，会议的气氛一下子就轻松愉快了很多，接着，信用社的一个员工就说："既然小吴作为一个刚参加工作的外地人都愿意值这个班，我作为当地人，这个班我就也值了算了！"

会后，老主任对我说："非常感谢你对所社工作的支持！今年的过年值班安排是我最轻松、最满意的一次！"我回答说："没事！这是我们年轻人应该做的！"

春节值班的事一安排下来，我就写信给我二哥，请他转告妈妈说今年过年我要在所里值班。因为那时，科技也不像现在这么发达，经济条件也不允许，大家也都是既没有手机和电话，也没有 BB 机，更没有微信，所以，我至今也想象不出我年迈的母亲当时收到我一个人要在偏远的山区过年会是怎样的一种心情。

春节放假的时间到了，其他人都拎着大包小包回家过年去了，看着他们一个个高高兴兴地回去，我的心底有一种说不出的滋味，是后悔吧？又不忍心说出口。

等到大家都走了，平时人来人往、川流不息的办公场所，特别是到了晚上，就变得寂静无比。但我还是安慰自己，就这么几天，很快就会过去的。

到了大年三十这天，我想今天就是过年了，还是应该去买点好菜来。等我到了平日很热闹的菜市场，只见空无一人，我想，怎么这么奇怪啊？是还没人来摆摊卖菜吗？这时，有个当地人告诉我，今天还会有谁卖菜啊？人家早就收摊准备过年了。听人家这么一说，我只好悻悻地空着手回到了所里。我想，反正我也是一个人，就是关起门来吃腌菜，也是没谁能看得见的。

按照当时的管理工作惯例，到了大年三十的下午，所、社也都停止了对外办理业务，一阵阵寒风吹过，我不禁打了几个寒战，我想我还是一个人早点去吃了自己的年夜饭，然后早点到库房里去守库睡觉算了。于是，我就匆匆热了饭菜，虽然那时候，也还不知道什么叫作生活需要的仪式感，但为了庆祝自己长这么大以来，第一次一个人在异地过年，还是给自己倒上了一小杯酒。我左手端起酒杯，右手拿着筷子，正想对着自己说"新年快乐"的时候，街上就有一户人家率先响起了震耳欲聋的鞭炮声，紧接着就是一家又一家、一阵高过一阵的鞭炮齐鸣。不知怎的，我的眼泪一下子就夺眶而出了，内心的伤感之情溢于言表，不知道是想着一家人的团圆里"遍插茱萸少一人"，还是思念着家中年迈的母亲，抑或是五味杂陈兼而有之吧！

几乎是泪流满面地吃罢年夜饭，我早早地进了库房，拿出守库用的"五六"式的半自动步枪，拿出弹匣，把十发子弹一一压进枪膛，一切都是那么的熟悉，把寒光冰冷的枪靠在床头，听着窗外此起彼伏的爆竹声，看着夜空中一道道流星似的烟火，我的心情也像烟花一样再一次在心底滑落！而那一年，虽然春晚都已是第六年了，但不知道是由于管理上的要求，还是别的什么原因，库房里既没有网络，也没有电视机，我就这样在举国欢庆的过年气氛中度过了自己漫长的不眠之夜！我想：明天就是大年初一了，大街上肯定会是人山人海的。

按照习俗，我想：肯定不会只有我的老家乐平，每年的正月初一，应该都会是各地一年之中最喜庆、最热闹的一天。大年初一终于来临，还没等到天大亮，我就早早起床了，穿上衣服，匆匆洗漱，吃过面条，就想着赶紧上街去逛逛。到了街上一看，竟然除了我，就再无一人。经过了多年以后我才知道，当地人过年的习俗就是这样，正月初一不早起，躺在床上叫作"享清福"！接下来的几天，也几乎都是这样，我也就这样白天掰着手指头、晚上看着库房的天花板，艰难地度过了这个难熬的春节假期！

好不容易熬到了正月初八，回家过年的同事们都陆陆续续、高高兴兴地回来上班了，我迫不及待地交接完，就逃离似的踏上了回家的路程。

这次过年值班的经历，是我参加工作的第一次，也是我在外地过年的第一次。虽然过去了这么多年，但我一直都还记得。感谢经历让我成长！感谢困境给我启迪！

现在，随着农行业务突飞猛进的发展，很多边远地区的网点也实行了扁平化的收缩，有些工作要求，如持枪守库等已不复存在，即使是春节值班这样的事也已变得更加人性化了！我想：大概这就是科学的发展、管理的提升和时代的进步吧！

（本文登载于 2023 年 1 月 21 日《金融作协》）

三、后记（跋）

沉默是金　热情似火

——说说我的文学梦

人的一生，随着时间的推移和环境的改变，肯定会有很多次不一样的梦想，我也一样。我记得在学校读书时，老师布置过多次以"我的理想"为题的作文作业，而我当时写得最多的理想就是成为一名光荣的人民教师。我那时候似乎也没有更多的理由和动力，原因很简单，就是因为喜欢，因为我喜欢而且愿意把自己所学到的知识生动有趣地讲授给我的学生听，做一个高级的"人类灵魂的工程师"。

然而，命运似乎总喜欢作弄人，1985 年高考那年，尽管我报考的志愿都是师范类的学校和中文专业，但因为自己平时的学习没有特别努力，加之父亲在我高考前不幸病逝对我打击很大，最后只考上了一个中专类的金融学校而成为了一名金融工作者。

读书时，因为我遇到了多位文学基础非常好的语文老师，如程细妹老师、瞿桂兰老师、彭振寰老师、詹澍老师、徐国明老师等，加上我对语文的特别兴趣和爱好，所以，我的语文一直是各学科中的强项。我想，如果不是靠语文成绩，我肯定连中专录取和参加工作后的竞聘晋级都没希望，尽管如此，我一直都没敢想要成为一个诗人或作家，因为我觉得诗人或作家在我的心里一直很高大、很遥远，于我而言，是高不可攀的。

参加工作以后，我除了写写公文外，有时也写点诸如心情日记类的随笔，但由于原先没有电脑和手机，多数文稿也都散失而没有被保存下来，现在想起来也不会觉得特别可惜，因为那时候的写作不系统，有些不成篇，也不具备章法，文笔稚嫩，肯定有很多欠缺和不成熟的地方。

要说重燃文学梦，还是近三年的事，因为现在电脑和手机已经非常普及，特别是手机，可以让我在一有灵感时就随时随地写，哪怕是当时记录下来然后再做整理也可以凑合着勉强成篇，我的很多诗歌和散文就是这样写成的。

我一开始写文章时，真的是出于个人的爱好和兴趣，也纯粹是为了愉悦自己，写好以后，有时候也只会发发朋友圈，没想到还真得到了不少文友和网友的热心关注和热情鼓励。原先我也很少投稿，因为总觉得自己写得不是很好而羞于出手。不料，我的朋友圈有几位书刊编辑，如《瓷都晚报》文学版块的张红生主编和《景德镇金融》杂志的袁秋萍主编等，他们对我非常关心，有时帮我给更高级别的刊物荐稿，有时就直接用稿。真的是"有心栽花花不活，无心插柳柳成荫"，因为这些热心编辑的帮助，我2019年前在各类刊物发表的文章篇目和字数还无意中达到了加入"中国农业银行作家协会"的要求，并于2019年11月29日被吸纳为中国农业银行作家协会会员。

截至目前，我已写成文章154篇，其中诗歌118篇、散文36篇，且绝大多数在报纸、杂志和多个网络平台上发表过，现收录成册。我平时写作一般都会做成美篇（一个社区应用软件），我的个人美篇号现已有110篇文章被在首页上加精和推荐，文章阅读量已超51万，吸粉超过4200多位，点赞和留言数超2.4万条。

虽然我个人写作喜欢随感而发，一般是即时抓住灵感而匆匆成稿，从不勉强自己写些交作业式的作品，我尽力做到抒怀真感情、抒发真性情。2021年，我有幸与江西银行学校的同届校友——《如是诗刊》黄春祥主编再次结缘，是他邀我加入《如是诗刊》写作群，在每半个月一次的"同题诗作"里，我积极参与，每次投稿均被登载，并有多次被作为优秀作品展示，增加了我命题式写作的动力，让我倍感欣慰！

在我写作锻炼提高的过程中，有幸得到并特别感谢素未谋面的中国作家协会会员、中国金融作家协会副主席、中国农业银行作家协会主席牟丕志先生的热情关心和鼓励，在牟丕志主席的关爱和帮助下，2020年3月30日，我又被吸纳为中国金融作家协会会员。

相继成为"中国农业银行作家协会会员"和"中国金融作家协会会员"以后，很多文友和网友都恭喜我成为"作家"，我想：我离"作家"这个称号肯定还有不少距离，但我会一直不断地努力，尽力让自己靠近！

现在，如果我有几天或一段时间没写文章，就会有好友打电话或发微信来寻问，我深深地知道，大家的抬爱和对我的关注才是我坚持下去的最大动力！大家对我期待的眼神就是给我最大的力量！

2019年5月，我因工作到龄而顺利转岗了，这也让我有更多的时间去做自己喜爱的事，可以认真踏实地去写出更多让大家喜欢的文字，我也希望能尽力做到不辜负各位文友、微友和亲友的喜爱和期待！

因为我的心中始终有一个文学梦，我想，未来的岁月，我会去为圆自己的文学梦而一直努力！我要用我的拙笔来歌颂祖国、感恩父母、寄情山水、记录友谊和讴歌美好幸福的新生活。我的文章虽然没有过多的华丽辞藻，但饱有朴实的真情实感，是我学习、工作和生活的情感实录，也是那个时代的真实写照，希望能得到读者的共鸣和喜爱！

今天，我个人的诗歌、散文文学作品集——《趟过光阴的河》终于能结集成册而与大家见面了，我的心里感到非常的开心和宽慰，因为这是我长期以来的梦想和心愿。在此，我要特别感谢中国金融作家协会主席、中国金融文联副主席、中国作家协会全委会委员阎雪君先生在百忙之中抽出宝贵时间为本书作序，字里行间饱含深情，给予我特别大的温暖和鼓励。也特别感谢江西省书协会员、景德镇市书法协会副秘书长、昌江区书协副主席、昌江区总工会四级调研员李国华先生为本人赐墨，题写书名。感谢中国金融作协会员、云南农行笔友牛兰大姐前期给予本书的良好建议和热心帮助。尽管时光匆匆，站在岁月交替的当口，细数过往，我收获了太多的欣喜，这让我满足！要感谢的人还有太多、太多，恕未能一一列出，作者本人都会铭记在心。现在，我觉得每天都好像走在春风里，放眼之处，满目都是好风景！爱上写作，我很庆幸！爱上文学，我会一直爱下去！

"文章千古事，得失寸心知"，本书中所记、所写，皆是作者本人浅薄的一家之言，因时间仓促和水平有限，书中定有不少的瑕疵和纰漏，欢迎读者不吝赐教！

半生已过，学会沉默，因为沉默是金；若无激情，不丢热情，因为热情似火。就此落笔，权当作跋，是为后记！

吴金火

2022 年 8 月 16 日于景德镇